铁葫芦 | 小说馆

铁葫芦

冯唐

摄影：高远

天下卵

冯唐 著

廣東省出版集團
花城出版社
中国·广州

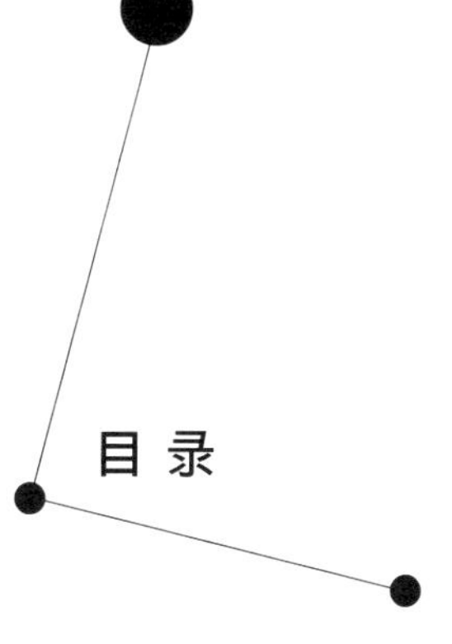

目 录

自序

2011 年 1 月底，我写完了长篇小说《不二》，电子版发给二十个朋友，然后自己开心过节喝酒去了。对于这二十个朋友，我叮嘱三点：别外传；告诉我读得有否生理反应；欢迎读后感，长短不限。

子不语，怪、力、乱、神。《不二》是“子不语”三部曲的第一部，关于乱，关于神。2011 年 7 月底，《不二》初版，截至年底印了七次，成了 2011 年香港卖得最好的小说。机场书店见得到，和刚死的乔布斯的传记摆在一起，和各种政治谣言书摆在一起。九龙街上报刊摊儿上见得到，和 2012 年风水运程书摆在一起，和《龙虎豹》等色情杂志摆在一起。收到几十篇关于《不二》的书评，总字数远远多于《不二》本身，有的说有生理反应，仿佛看《肉蒲团》《金瓶梅》；有的说没有生理反应，“刚似乎有一点反应，小说就逼人思考人生，反应立刻停止了”；有的说看到了长安城；有的说看到了北京城；有的说体会到了佛法，想到《金刚经》《圆觉经》；有的说我是末法魔王，应该千刀万剐。我想，《不二》有了它自己的生命，仿佛一桶水从山头倾倒下去，在哪里接树、在哪里及泉、在哪里湮灭、在哪里蒸发，谁也不知道，也和我没什么关系了。

罗永浩办完 2011 年的年度公开励志演讲，砸完西门子冰箱，又砸完西门子冰箱，我们俩一起吃饭，我举杯，和他说，干杯，你我终于名扬四海了。

2011 年年底，总编辑颜纯钩找我，谈我将来的创作，指导思想是：《不二》火了，太郎，加油。颜老哥给我指出两条道路：第一条道儿是制造话题，比如写有争议的历史人物，比如写社会当下的热点；第二条道儿是类型写作，比如再写几本黄书，比如写些调情、苦情、殉情的情色书，颜老哥说：“日本有渡边淳一，中文中尚无这类作家。”

这两条道儿我都不想走。第一条道儿有人走了，走得挺好，越走越宽，我祝他们幸福。第二条道儿和我的性格不符，我喜欢变化。

我告诉颜老哥，不害怕、不装懂、不灌水是对于写作者的基本要求，我的计划是继续进行汉语试验，学习短篇小说写作，同时陆续戏作三个长篇，一个言情、一个武侠、一个侦探。“子不语”三部曲先放一下，末法时代很长，不着急写完。我先养养精神，继续在湖边溜达，往湖里扔一块小石头，再往湖里扔一块小石头，看涟漪生成、荡开、消失，湖面似乎重新平静，身边妖风阵阵。

为了体现我作为太郎的拼搏精神，我答应颜老哥，我先出一个短篇小说集，一共八个故事，一共两类。第一类是中短篇故事线。一个叫《天下卵》，关于权力；一个叫《安阳》，关于灵异。《天下卵》的故事梗概是被高晓松拉到丽都啤酒屋神侃两次侃出来的，高晓松要拍成电影，我说好。我说我要写成小说，他说好。我对电影一直持怀疑态度，认为最好的小说拍不成好电影。双方君子协议：小说版权归我，我不负责写剧本，如果拍成电影，注明“Story by Xiaosong Gao，adapted from Feng Tang’s novel”。第二类是单独的短篇小说，多数发表在《时尚先生》和《时尚芭莎》上。好几个我喜欢的美国小说家都把短篇小说发表在时尚杂志上，我觉得是个好传统，至少可以多挣点稿费。

马上开始戏作的长篇言情小说的名字是《不叫》。

即将出版的这个短篇小说集的名字就叫《天下卵》。

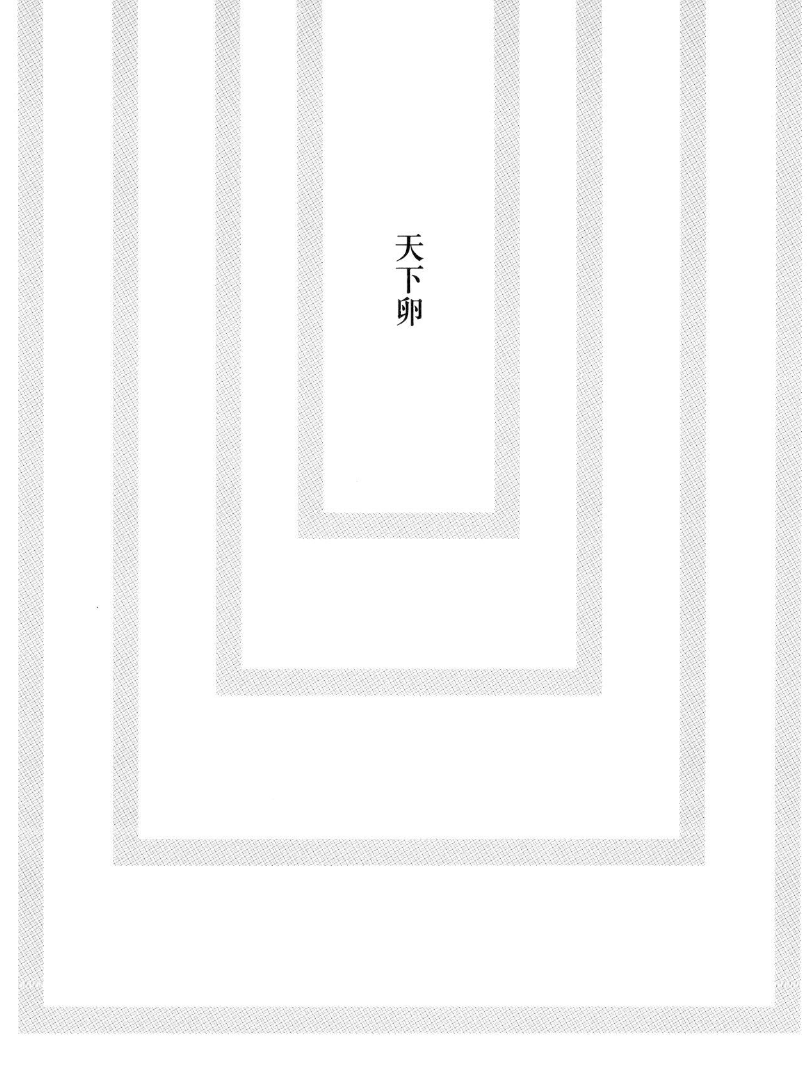

天下卵

1

铁器时代。

东亚，北方，蛮族的首都上京。依水而建，有条小河在城边流过，经营多年，房密，路仄，人杂，车稠。

碧蓝天，无云，黄沙地，没草。街道边，胡杨林缩紧身形，枯骨一样，不见一片叶子。

大太阳，没有一丝风。房檐下的乞丐一口痰吐在沙地上，溅起尘土。痰在瞬间被阳光抽干，发出细细的嘶嘶的响动。

灰黑色页岩的皇宫在上京的中央偏北，占地千亩，四城门，四角楼，城墙的厚度超过高度。五丈壕沟环皇宫，每门各有吊桥。

太阳更烈，街上拴马桩上干枯的裂痕更深。马的眼皮紧闭。街边到处半掩的蓄水缸只剩淡白色的水渍。

几个缩紧身形的太监亮一下腰牌，待吊桥放下，疾步走出皇宫，在城市的角落里换上便装，遮住腰牌，然后消失在无名的街道中。

忽然风起，马的鬃毛飞起，大滴的雨点砸在黄沙地上，溅起尘土，很快洇湿地面。

雨水从皇宫内宫殿的各个屋檐流下，流到殿基，殿基四面狮头吐水，流到地表，地表的地沟带着所有的水汇聚到后宫池塘。

后宫圆形的池塘里，莲花，莲叶，水珠在莲叶上保持珠状。池塘中间白色大理石柱，柱头上雕刻半开莲花。

快刀刘家的池塘比皇宫里的大两倍，没有莲花，有上京里唯一的一池金鱼，棚子遮着。池塘中间没有白色大理石柱，但是池塘周围，四根巨大的白色大理石柱，柱头上雕刻半开莲花，躺倒，互连成正方形。如果这四根柱子竖起来，在全上京任何一个角落都望得见，比皇宫后花园的，高多了。

着便装的太监们被蒙着眼睛，站在池塘旁边，身体微微颤抖，看不见他们的表情。池塘的水慢慢退去一半，池塘中间浮现半个巨大的白色大理石卵，太监们被人带领，疾步趋入大理石卵中间的暗门。他们听见水声，闻见水汽。出来的时候，每人双手搂捧一个红绸包，满脸微笑，无比小心，快步消失在上京城。

2

入夜，月圆，上京迅速变冷。

快刀刘独坐在他爸刘老刀的床前，等他死掉。

雨基本停了，最后的一大滴雨水从屋檐缓慢地滴到院子里。快刀刘看着一大滴鼻水从刘老刀的鼻子里鼓出来，漫过斑白的鼻毛，流过嘴角，雨滴一样，滴落到床下。

“爸，你真要死啊？”快刀刘面无表情地问。

“嗯。短则两天，长则十个月。我连着七天梦见你妈的左手。你记得吧，我早年西去大秦学割卵，一去四年，你外公逼你妈嫁别人，你妈一刀剁了自己的左手，桡骨和尺骨都断了。”

“你还能预言生死啊？你没教我啊？两天学得会吗？”快刀刘说话总是这么直接，尤其是他没必要不直接的时候。

“这种东西，教不会。但是任何一个行当，做到顶尖，都能反观内心，自己什么时候死，就像在湖面看自己的影子，在天上的云彩里看自己的将来，基本是清楚的。念经念明白了的和尚，画画画开了天眼的画师，脚丫子能当手使的勇士，到了自己该死的时候，都知道，就像听见身体里，有一只手在敲门。你再过三四十年，自然就明白了我今天对你说的。”

“好。你也活得不短了。”

“你说话像你妈。你妈比我狠。”

“不狠能干咱们这个替太监净身的行当？我爷爷是刽子手，他信天竺来的佛教，他说，三点。第一，生和死本无不同。第二，他的刀快，快到被砍头的人还来不及感到痛就死了，造福死者啊。第三，上了刑场的，基本都是造了孽的。第一点，我爷爷是骗人的。第二点、第三点，都在理。我们骗人卵蛋的，哪条都靠不上，怎么说都是作孽。男的没了卵袋，是什么？”

“没了卵袋，做成了有卵袋的人做不成的事情，就是男人。想得势，先去势。”

“你真要死了？脑子这么清楚？我再给你找个大夫，再吃点儿药？新运来了上好的大麻和鸦片，都是今年的新烟，还有西域的女人，要不你再爽爽？”

“你比你妈还啰唆。不吃药了，肠子都绿了，血都蓝了，不要毒品和女人了，就这么点事儿，爽过了。大和尚临死前，好多事情要交代，他看得到他后面三四代传人。我这点体力和脑力，集中到现在，有事儿要交代你。”

“我一个月割四十个，你一个不割，这样已经二十年了吧？”

“你刀法比我好，比我年轻的时候都好，你主刀五年之后，技术就比我盛时好，我不担心这个。”

“我们的钱，你、我，算上你孙子刘瑾，绞尽脑汁花，也够了。咱们的院子，如果打开所有秘道，除掉所有帐幕，比皇宫更大。咱们的人脉，嘿嘿，你已经不问这些事情很多年了，反正你也走不出这个房间了，让你知道一些无妨。即使当今皇帝是中兴明君，如果我们愿意，这里的皇宫明天就能发生内乱，南方边界上的军队明天就能兵变。”

“我不担心这个。我刚开始割卵，有给钱的，但是多数是穷人家的孩子，最多在我门口留下一捆柴火或者一只羊，转身哭着走了。我知道他们会想念，就把所有切下来的阳具和卵都用防腐香料处理好，风干好，红绸子包好，和他们的手印一起。等这些可怜的孩子们，多年以后，或许觉得缺了点什么，回来找，还在。你改变了路数。第一，你开始不要钱，做了檀木盒子，装了阳具和卵，寿辰的时候，送给你觉着能成事儿的太监。你看人比你用刀更好，绝少看错。你出钱出力，你看中的这些太监又互相提携，他们基本都混出来了。第二，你开始创立迷信，说阳具和卵赎回去枕在枕头下，睡前冥想，先做春梦，再成大事，比阳具和卵长在两腿之间更好，比男人还男人。一开始，这是混出来的太监舍利浊说的，喝多了的幻觉，或者他已经彻底疯了，但是你把这种说法变成了公论。第三，你消灭了所有红绸包里的指纹，贴上只有你知道的数字。你重新开始收钱，谁来赎，按重量计价，百倍于黄金。”

“你担心刘家后代不济？刘瑾的手比我还快，我看他行，我要是送他去大秦学医，上一年语言学校，再学三年医学，就没人能教他了。小男孩的哭声还没起，他的卵没准就已经在刘瑾手上了。动刀这里，老天欠我们刘家的，谁让我妈少了一只左手呢？”

“我担心，你以后不割卵了。”

“我不明白。”

“割卵需要这么快的刀吗？需要积累这么多钱吗？需要控制这么多人脉吗？”

“你觉得我们世世代代只能割卵吗？”

“是。”

“我不这样想，我一直就不这样想。你到底还活两天还是十个月？安息新运进来的女人一般，脸上毛孔太粗，下面太松，但是大月氏国新运进来的大麻实在好。”

3

天还没亮，漆黑的皇宫里星星点点，已经亮了几盏油灯。皇上和嫔妃们还睡着，厨房里，水汽弥漫，三个年轻太监已经开始杀鹿取血，拔摘鹿毛、兔毛，准备一天的食物。

太监曷石说：“昨天做梦，梦见了我来生。”

太监曷鲁问："你来生是猪是狗？我梦见过我的来生和来生的来生，都是太监。梦里我往上一摸，没有胸，说明我不是女人，我往下一摸，没有蛋，妈妈的，我再摸、再摸，还是没有蛋。操他大爷，我还是太监。"

太监曷石说："我梦见我成了一个女人，全身光着，涂满香料，等着去见皇上。妈妈的，就是来生是猪是狗，也比你太监强。"

太监曷刺说："你要是能梦见干一个女人就好了，那这辈子就能发达，下辈子也有机会当男人。"

太监曷石说："我们要梦见干一个女人，必须枕着自己的卵睡。枕别人的卵都不行，梦见都是别人干女人。"

太监曷刺说："卵都在快刀刘手上，我们这样拔兔毛，什么时候才能混出来，把自己的卵赎回来啊？"

太监曷石说："妈妈的，卵都是按重量计，百倍于黄金。什么时候能有这个钱？"

太监曷鲁放下手上的兔子，白眼向天，像是问曷石和曷刺，又像是问天："你们说，当今世界上谁最爽？"

太监曷石说："皇上啊。想睡谁就睡谁，一天一个，一个月不重样。想杀谁就杀谁，'我让你爱民，你竟然增税，杀'，'我让你强兵，你竟然减税，杀'。"

太监曷鲁是三个年轻太监中进宫时间最长的，说："那也叫睡？那叫配种。沙漏竖起，最多不许过十五分钟。过了就有老太监去敲门，还不完，就有老太监一边敲门一边读古训，说社稷为重，还不完，就推门进去。都是先帝学汉人闹的毛病，这么整出来的孩子，也没看到多少齐整的。再说那些嫔妃，都是有利益关系进来的，各个世家来的，各个藩国送的，阴毛一个比一个稀，胡子一个比一个重，一看就是大家闺秀。排在一起，比满朝文武百官还难看。再说杀人，皇上要依靠官僚们，如果里面没有一个好东西，他能把他们全杀掉吗？上朝，全是事儿；下朝，全是奏折。老太监亲眼看到皇上看着看着奏折，一口吐出来。”

太监曷刺说：“我看白车子室韦大将军最爽。大马，金刀，铁骑十万。每次南下，从汉人那里抢来的新鲜姑娘，都是白车子室韦大将军先使，听说一个比一个好看，像小绵羊一样娇小。还不用看公文，白车子室韦大将军说过，谁给他的公文超过三十个字，就剁谁的手。”

太监曷鲁说：“你知道吗，全国一半以上的壮年男子在白车子室韦大将军的军中，皇帝能放心吗？你知道吗，白车子室韦的九族都在一个小院子里圈着，院子周围都是柴火，一个火星儿就成烤肉。”

太监曷石说：“这么说，还是快刀刘最爽。钱多得花不完，想买什么就买什么。所有的大太监都是他好朋友，大太监的卵都是他送的。他有个密码本，只有他知道怎么读，哪个卵是哪个太监的。”

太监曷鲁说："但是快刀刘什么都不是，就是一个屠夫。死了之后，和我们一样，就是一块臭肉。"

大太监舍利浊听到动静，进来，踹了太监曷鲁、曷石、曷刺一人一脚："你们三个今天一口东西都不许吃，互相抽嘴巴，五十下，必须见血。我告诉你们什么最爽，舌头被割掉最爽。"

4

大太监舍利浊派人告诉快刀刘，说昨天梦见他家满池塘的金鱼，想再看一眼，顺便带一个朋友，让他也开开眼。快刀刘说，好，当然好。

大太监舍利浊来到快刀刘家的时候，他的朋友一直在舍利浊后面跟着，双手一直揣在袖口里。快刀刘领他们到了池边，大太监舍利浊很自然地闪开，他的朋友不紧不慢走到池边，双手扶栏杆，池中金鱼闲散、淡定、斑斓。

大太监舍利浊的朋友对舍利浊说："你说，我们这样看着这些鱼，天上也有人凭着栏杆，这样看我们这些人吗？"他说话的时候，眼睛一直没有离开金鱼，没有看舍利浊一眼。

"一定。先祖一定在天上保佑我们。"大太监舍利浊说。

"二位先看先耍着，我去准备几个小菜，一壶薄酒。中午，等二位要累了，我们进屋喝酒。”

快刀刘面色凝重地走进后院最深的房间，重帘之内，一灯如豆，一妾如花。

快刀刘问：“我对你如何？”

小妾说：“你救了我和我的全家。没你，没我。”

快刀刘问：“你愿意做一切我需要你做的事？”

小妾说：“当然。我只是一具肉身。”

快刀刘说：“我们都是肉身。”他把小妾放倒在床上，剥光，一寸一寸亲她，从额头到脚趾，一停一顿，什么地方敏感，快刀刘就多盘桓一阵。小妾的肉身逐渐松弛下来，无比柔软，周身温暖的气体蒸腾，她往下望，正好看到快刀刘满是柔情蜜意的往上望的眼睛。

“爷，应该我侍候你才对，你躺着，我亲你。”

“我应该侍候你，你别动，别想别的。”

在快刀刘插进小妾的肉身的时候，她的肉身已经柔软得如一碗肉粥。

“你的肉身真好，我会想你的。”快刀刘说。

大太监舍利浊和他的朋友从池塘走到饭厅的时候，一脸在北方这个大城里难见的水灵滋润。三个人一桌，六个小菜、一壶酒，没有北方这个大城常见的大牲口、大肉、大桶酒。喝完第一杯，舍利浊说：“你的金鱼真好，运到这里，一定费尽了辛苦。”

快刀刘说："这些金鱼，走了四千里，死了十四个人，现在池子里的水，还是定期从四千里外运过来的，否则鱼就不灵气了。但是，这一切都值得。比如今天，我就多了一个可以当礼物的东西，这一切就值得。看得出，你见过太多，难得你见这个高兴，这池金鱼，送你了。"

大太监舍利浊看着他带来的朋友，他的朋友说："不好，金鱼好，因为有池子。池子我搬不走，也不想搬，四千里外的水，我也运不起。我想，看在舍利浊的面子上，我想来看金鱼的时候，可以再来。"

大太监舍利浊吃了口烤猪肉："这个猪肉怎么这么嫩？比宫里的还嫩！"

快刀刘低头吃菜，平声说："喝人奶长大的。"

大太监舍利浊吃了口鱼丸："这个鱼丸怎么这么鲜？"

快刀刘闷头喝酒，平声说："用的全是鱼腮帮子上的肉，一个丸子要十条鱼。"

舍利浊不问了，闷头吃喝。

一壶酒之后，快刀刘对大太监舍利浊的朋友说："好。我还有一条金鱼看你喜欢不喜欢，今天才来，我们一起看。"

小妾穿了白地红花纱裙，比什么都不穿还赤裸。在屋子里的莲花砖地上，光着脚，在空气里，独舞，比池塘里最大的那条白红相间的金鱼还闲散、淡定、斑斓。快刀刘看到大太监舍利浊的朋友一直盯着小妾的脚看，那双脚白皙到半透明，十个趾甲猩红，在莲花地砖上，飞舞，绽放。小妾眼光晶莹，开始唱起来：

罗袂兮无声
玉墀兮尘生
虚房冷而寂寞
落叶依于重扃
望彼美之良人兮
安得感予心之未宁

小妾敛声，收舞，退回里屋。快刀刘看到大太监舍利浊的朋友，眼神还在莲花地砖上，仿佛上面还有那双小妾的脚在绽放。快刀刘的眼睛扫过他的腰腿，腰腿之间，山丘隆起。

快刀刘对大太监舍利浊说：“舍利浊公公，最近来了一些高丽的人参，咱们到前院看看去，你正好挑一些。”把舍利浊的朋友和金鱼小妾留在房里。

许久，舍利浊的朋友从屋子里出来的时候，舍利浊和快刀刘已经在屋外远远地聊天。

舍利浊的朋友说：“这一条金鱼，我喜欢。”

快刀刘说：“好，我送。”

舍利浊的朋友说：“我买。”

快刀刘说："好，价等黄金，这条金鱼重七十八斤。"

舍利浊的朋友说："好，金鱼我先带走，我已经碰她，别人就不能碰了。黄金小事，舍利浊之后会送来，凑个整数，算一百斤好了。"

快刀刘说："好说。"

舍利浊再回来的时候，提了一袋黄金，生冷坚硬，比小妾的肉身小很多。

舍利浊问："你知道我那个朋友是谁吗？"

快刀刘说："皇上。"

舍利浊问："你怎么知道的？"

快刀刘说："除了皇上，你会给谁让道？他扶栏杆露出来大拇指上的玉韘，是汉族人商代的古玉，一等一和阗白玉、兽面、'臣'字眼。你现在向南四千里打进汉人的都城，不一定能找到第二个这样的玉韘。"

5

十个月之后，皇宫里传出消息，金鱼小妾为皇上生了第一个儿子。这第一个儿子马上被立为太子，小妾被立为懿皇妃，大赦天下，普天同庆。

快刀刘的爸爸刘老刀在这一天死了，距离他预言自己生死的那个晚上，正好十个月。

快刀刘看着刘老刀的最后一丝生命从眼睛里飘走，咬着刘老刀的耳朵说："你有了个皇孙。"刘老刀的手还是热的，抽动了几下，不知道是欢喜还是悲伤。

普天同庆。

快刀刘在上京外的河畔，杀牛宰羊，庆祝王朝定了太子，庆祝刘老刀的喜丧。十头整牛、三十头整羊、大缸马奶酒，流水席三天三夜，来的都是客，醉了睡，醒了再喝，吃饱了走，饿了再来。

快刀刘的儿子刘瑾刚刚满七岁，第一次被快刀刘许可，可以上桌子喝酒。刘瑾在保姆保安挟持下，到处乱窜，各种人都想逗他说话，什么都是新鲜的。

"刘瑾，吃块肉，这是什么肉啊？"

"牛肉！"

"为什么不是羊肉啊？"

"肉粗，不膻！"

"刘瑾，你吃的是牛什么地方的肉啊？"

"牛鸡巴肉！"

"你见过牛鸡巴？"

"没有。但是牛靠鸡巴尿尿，所以鸡巴中间有尿道。我吃的这块牛肉中间就有个孔！"

“刘瑾，闭上眼睛，摸摸这只手，是男的女的？”

“男的！手掌上这么多趼子！”

“这只手，是男的女的？”

“女的！真滑啊！”

“多大岁数？”

“十二岁到十六岁之间！手出汗了！手发热了！女的如果太小，不知道紧张害羞，太大习惯了，都不会出汗！”

“这只手有什么说法？”

“这是我老爸快刀刘的！他老使一种羊脂护手，一股羊骚味儿，丫还打过我！”

刘瑾睁眼，快刀刘的手正被他自己的手抓着，赶快放下。快刀刘看着刘瑾：“我本来想，你太小，再等三年，现在看没必要了，明天你就去大秦，先学语言，再学医，再学巫术。”

6

十七年后。

刘瑾从大秦学医学巫术回来，已经十年了。生活简单而美好，上午做两台阴茎睾丸全切手术，下午骑马猎狐，晚上喝酒使姑娘。

春末夏初，今年的雨水比常年似乎多了一些，一天的阳光之后，地皮仿佛还有一丝湿润。

夕阳西下，红，圆，仿佛阴茎切除之后还没愈合的伤口。

倚翠楼，红灯笼亮起来，中空的是大厅，周围房门紧闭的是三层包间。酒气、脂粉气、精液气混合在一起。

酒，从坛子倒进碗里，从碗里倒进男人和女人的喉咙里，从喉咙到胃、肠，或者重新从喉咙吐了出来，用碗接了，倒进阴沟，或者被吸收进血液，流淌过肾脏，渗透进膀胱，尿进阴沟。

脂粉，从剔红漆盒、镂空银盒、织锦粉囊里分种类、分层次涂抹在姑娘脸上、脖颈上、身体上。颜色、香气、质地，配合灯光、笑声、酒，点燃男人身体里的火。男人的手和嘴唇燃烧起来，抚摸姑娘的脸、脖颈、身体。一张帕子抹掉男人手上和嘴唇上污浊的脂粉，然后被丢进阴沟。

精液，信号强过阈值，附睾输精管壶腹收缩，将精子推至后尿道。前列腺外周的平滑肌收缩、精囊收缩，前列腺液和精囊液排出，并推动精液前移。坐骨海绵体肌和球海绵体肌收缩，造成勃起组织的内压力出现节律性的波浪式增高，将精液经尿道射出体外。体外，是姑娘的阴道、嘴、乳房或者肚皮。一张帕子抹掉阴道、嘴、乳房或者肚皮上污浊的精液，然后被丢进阴沟。

刘瑾一个人坐在大厅的一张桌子上，就着一碟红辣椒，吃一海碗牛肉面。

“刘公子怎么一个人待着？”老鸨寅底水有气无力地从酒气、

脂粉气、精液气里走出来，半屁股坐在刘瑾旁边。

“累了，连着做了四台阴茎睾丸全切手术。饿了，中间一口东西都没吃。”

“好，我陪你坐会儿。”寅底水身子歪在桌子上，一只胳膊支撑着脑袋。

“赵姐，你忙你的。”

“我现在不忙。第一拨人，姑娘使得差不多了。想留宿的，洗洗，姑娘们冲他们背两首汉诗，就该睡了。想走的，洗洗，还得抽一袋子事后烟儿。翻台，第二拨人上来，还得有一阵子呢。”

“平均一晚上翻几台？”

“两台。”

“嗯，和我每天做手术差不多。”

“嗯。但是姑娘们每月倒霉的时候，不上班。”

“比我强，我没有倒霉的时候，我总要上班。”

“你年轻，累了，喝喝酒，就有力气了。烦了，使使姑娘，就忘记了。”

“嗯。赵姐，你也年轻啊，怎么好像看你越来越累？”

“老毛病了，这么多年了，越来越重，就是没力气，越来越没力气。我妈就这么耗死的，我也没几年了，我知道。”

刘瑾盯着老鸨赵姐看了一眼，说：“赵姐，怎么不找医生看看？”

“刘公子，你觉得我可能不找医生吗？别人不知道，你应该知道，这个倚翠楼招待过多少人才。别说本国，方圆五国最好的诗人和歌手、说客和谋士、刺客和将军，都在我这儿吐过、射过。我这毛病，已经被最好的医生看了无数次了。”

“谁是最好的医生？”

“皇上用的御医应该是最好的医生了吧？钱平，管皇上阳具的。冯固，管皇上胃肠的。李剪，管皇上跌打损伤的。”

“谁说皇上用的御医就是最好的医生？姑娘方面你专业，你说，皇上使的姑娘就是天下最好的姑娘？”

“那谁是最好的医生？”

“我。东临黄河，西至玉门，南迄萧关，北抵大漠，我是最好的医生。”刘瑾吃完了牛肉面，把盘子里剩下的红辣椒都倒进面碗，喝汤。

“你？好啊，你看我是什么病？怎么治？”

“好啊。但是你必须让我摸你，我学的是大秦医术，不会汉人的号脉。”

“刘瑾，你少耍我。第一，我是你姐姐辈的。第二，你爹快刀刘睡过我。”

“我又不用鸡巴摸你。”

“好，去我房间。”

“不用了，又不用鸡巴摸你。”刘瑾的双手放下牛肉面，扒开寅底水的眼皮，眼皮惨白。右手背摸寅底水的额头，额头微微发烫。扒开寅底水的胸口，不顾两乳，按压寅底水的胸骨。寅底水失声："啊！"

"痛？"

"痛！"

"赵姐，我知道你什么病了，我也能治。"

"好，你治，反正是死马当活马医。"

"你要敢让我治。"

"好，你治，反正是死马当活马医。"

"治好了之后，我有什么好处？"

"倚翠楼对你终生免费，只要你使得动，你就使。每次来，有专门登记柜台，有专门休息室。"

"这个不需要，我有一辈子花不完的钱。"

"你说，你要是能救我的命，你要什么，我能给的，除了我自己，我都给你。"

"你，我就不要了，留给我爹有空儿使吧。我要你四楼那两间密室里藏着的两个姑娘里的一个。你知道我说的是什么，那两间没有脂粉气的房间，我鼻子可以马上带我闭着眼睛找到。"

"你怎么知道倚翠楼有四楼的？你怎么知道有密室的？"

"赵姐，我是天天和太监打交道的，有什么是太监不知道的？"

"好，好，你要哪个？"

“我要如晴，你十年前从汉人那里偷来的，琴棋书画培养了十年，从小我就喜欢东方美人，我要如晴。另一个如雪，你十年前从大秦买来的胡人，琴棋书画培养了十年，你继续留着养老吧。”

“好，你要是能治好我的病。”

“好，只要你敢让我放手治。”

7

寅底水躺在床上。

钱平、冯固、李剪都在床边，三个人一脸狐疑、不屑和恼怒。

药店张老板也在，满头是汗。

刘瑾摸着寅底水的额头，寅底水头发很黑，发际和皮肤交接的地方，很白，有细细的汗珠。

刘瑾说：“你说过，敢让我放手治。”

寅底水说：“张老板说你买的药是砒霜，你要杀了我。”

刘瑾说：“你说过，敢让我放手治。”

寅底水说：“钱平、冯固、李剪都说你没安好心，匪夷所思。”

刘瑾说：“匪夷所思正在我辈，我的想法，俗人怎么明白？你得的是血障，需要鬼药。”

寅底水说：“你喜欢我吗？”

刘瑾说:“要不是我爸快刀刘先使了你，我天天睡你，我想你。”

寅底水说：“好，你下药吧。”

刘瑾在马奶酒里撒了足够毒死人的砒霜，寅底水扬脖子喝了里面有足够毒死人的砒霜的马奶酒，一口血喷出来，人昏了过去。

钱平说：“死了人，要见官。”

冯固说：“死了人，要偿命。”

李剪说：“死了人，要坐一辈子牢。”

刘瑾说：“你妈要见官，你妈要偿命，你妈要坐一辈子牢。”

两天之后，寅底水醒来，听见鸟叫，只有刘瑾在床边。寅底水说：“我饿了。我想吃牛肉面。”然后说，“你爹快刀刘最近想我了吗？”

8

当今皇上耶律天柱把大太监舍利浊叫来。

耶律天柱说：“我决定变法。”

舍利浊说：“皇上圣明。”

耶律天柱说：“我要改变什么，你就说圣明？”

舍利浊说:“皇帝变了两次法，每次都是圣明，这次也不会错。”

耶律天柱说：“你说我为什么变法？”

舍利浊说：“为了光宗耀祖，为了重现盛世。”

耶律天柱说：“靠，我都不知道我爸到底是谁，光鸡巴宗，耀鸡巴祖？盛世？你看我的太子，长得像猪一样，暴戾得像狮子一样，傻得像驴一样。王朝传到他那儿，还能是盛世？”

舍利浊说：“但是皇上整出这么多好制度，至少能维持一阵，如果太子的儿子好，还有希望。”

耶律天柱说：“我没想那么远。我一辈子有三件最爽的事儿。第一，我的地盘，我一个人说了算，爽。第二，骑最快的马，千里之外，斩最牛屄的敌人于马下，拿走他所有的金银财宝。第三，操最美丽的女人，厌倦了就换掉。”

舍利浊说：“您都做到了啊。”

耶律天柱说：“我先改革了文官制度，考试选官，我的话，通过文官演绎，都成了革命理论，都被贯彻执行了。我又让改革军队，大规模裁减不能打仗只能抢劫的军队，砍掉没用的官僚职位，废掉王公贵族的远房亲戚，省下的钱培养像虎狼一样的战士。我想打的都已经被我打服了。可是，我操过什么啊？整个宫里，有一个长得比你好看的吗？皇后原来有十个哥哥，和我一起征战，死了一半。她剩下的五个哥哥，带着全国一半的兵。还好，皇后死了，可我他妈的也老了。那个懿妃，自从接到宫里，一直在生病，她又不是快刀刘的金鱼，离开那个宅子，就要死？你看我这屁股，大象耳朵一样疏松，忽闪忽闪的。我决定改革后宫，我决定选秀。”

耶律天柱半瘫在龙椅上，秀女鱼贯而入，每人停留一分钟，耶律天柱眼皮逐渐阖上，嘴唇逐渐分开，口水留下来。忽然醒来，面前一个大脸大眼秀女，正冲他微笑。

耶律天柱骂：“舍利浊，我肏你妈，难道女的都是皇后她家生的，都长得这副德行？你不给我找个让我硬起来的，我日你全家。”

太子迷骨离躲在大殿的一边，站在两个太监身上，从窗户偷看秀女鱼贯而出，他眼睛一直瞪得大大的，口水流下来。

迷骨离自言自语：“靠，这个好，那个也好。”

迷骨离问下面两个驮着他的太监：“为什么耶律天柱能挑，我不能挑？”

“您还不是耶律天柱，您还不是皇上。”

迷骨离接着问：“耶律天柱挑剩下的，我能不能都要？”

“不行，于礼不符。舍利浊说了，选不上的，从哪儿来，回哪儿去，不扰民，不伤情。”

迷骨离骂：“舍利浊，我肏你妈，难道女的都是你们家生的，改天我日你全家。”

刘瑾含了一口酒，口对口送进如晴嘴里，说：“我配的药酒，喝一点，心里一直会是暖的。”

如晴说：“不用外力。在你怀里，我心里一直是暖的。有你在心里，我心里一直是暖的。”

刘瑾说：“我一直在。你是我的命门。”

如晴说：“我的命是你的。你别太在乎我，该忙就忙你的去，该耍就耍你的去。寅底水骂我，说我断了她的财路，把我给了你之后，你就再也没去过倚翠楼。别憋坏了。”

刘瑾说：“我从来不憋自己，我还没吃够你这口，我吃不够，我要娶你，我是你第一个男人，也会是你最后一个男人。我这辈子就这样了，白天切卵，晚上腻你。”

如晴说：“你怎么腻我？”

刘瑾说：“这样，你每天用一块白帕子擦你身体一个部位，我闭着眼睛，闻，我能告诉你是哪个部位。”

如晴拿白帕子：“你闭眼，这是什么部位的味道？”

“头发。”

“这个呢？”

“大腿外侧。”

“这个呢？”

“太下流了，你那里的味道。我原来以为寅底水给你的是纯情教育呢。”

舍利浊坐在倚翠楼的一张桌子上，老鸨寅底水坐在对面。

舍利浊说：“寅底水，我不知道我说清楚了没有，我让你把所有的嫖客都赶走，把所有的姑娘都拉出来，方便不方便的，让我看。”

寅底水说：“老大，我就是这么做的啊。”

舍利浊说：“寅底水，你我都是明白人，我知道你和你的姑娘睡过多少部长和将军，我知道你能量有多大，但是如果我活不了，死之前，我一定拉上你。谁让你做这个行当，又做得这么好。”

寅底水说：“老大，我知道您是谁，我有的都给您看了啊。要不，明天我再出趟差，到宋国和高丽看看有没有您能看上眼的？”

舍利浊左手放在桌面上，右手抽出佩刀，挥刀砍下左手小指，血汩汩而出：“我没有鸡巴了，切下一段手指给你做纪念吧。我再说一遍，把你还没给其他人看过的姑娘领出来。”

一辆马车在黑夜里疾驰进入皇宫，舍利浊包裹了白布的左手牵着马缰，右手挥鞭。

耶律天柱在寝室抖开虎皮包裹，里面是一丝不挂的大秦姑娘如雪。耶律天柱没见过长得如此细致、态度如此镇静的大秦姑娘，一时没说出话。

如雪说：“皇上累了，您在下面躺好，放松，我来动。”

窗外风起，深秋的天气，竟然飘下大如手掌的雪片来。

十五分钟后，老太监“梆梆”敲门，背《孟子》：“舜发于畎亩之中，傅说举于版筑之中，胶鬲举于鱼盐之中，管夷吾举于士，孙叔敖举于海，百里奚举于市。故天将降大任于是人也，必先苦其心志，劳其筋骨，饿其体肤，空乏其身，行拂乱其所为，所以动心忍性，曾益其所不能。”

耶律天柱硬着鸡巴、裹着虎皮开门，出来，抡起门栓打蒙老太监，转身进屋。

老太监慢慢醒过来，接着背：“人恒过，然后能改；困于心，衡于虑，而后作；征于色，发于声，而后喻。入则无法家拂士，出则无敌国外患者，国恒亡。然后知生于忧患，而死于安乐也。”

9

早朝，满朝文武分列两边。

耶律天柱说：“有事儿快说，每人一分钟。你说也怪了，咱们制度建设这么多年了，每天都处理事儿，怎么每天又生出这么多事儿啊。”

丞相迪车说：“高丽似乎已经知道了我们的进攻动向，在边境聚集三十万精兵，白车子室韦将军问，是打还是不打？”

耶律天柱说：“给大家看个新玩意儿，骰子。想不明白的时候，特别是百分之五十对百分之五十的时候，扔骰子，最管用。两个骰子一起摇，大于六，就打，小于六，就不打。比过去汉人烧王八壳还省事儿。”

两个象牙的骰子撒下去，一个三点，一个五点，共八点。群臣互相看看，信鸽放出，千里外，白车子室韦的军队拔营启程。

耶律天柱寝殿，红烛高照。

耶律天柱四足着地，胸毛浓密，腿毛浓密，着力的肌肉还看得出年轻时的剽悍。如雪骑在耶律天柱腰上，眼睛是绿色的，叫：

“快跑。”

“好。”

“再快。”

“好。”

“再快。”

“好。”

耶律天柱忽然翻身，阳具笔挺，叫：“硬了。真被你治好了。”

如雪说：“我要看看皇上能硬多久。”按着耶律天柱的屁股，把阳具放进自己的身体。

“你想让我硬多久？”

“我想让你硬多久，你就能硬多久？”

“我能。”

春花怒放，阳光温暖。

如雪说：“让其他人都退出去，我们去院子里。”

耶律天柱说：“好。”

远处马鸣，庭院里众鸟飞翔。

如雪问：“马有多少种姿势？”

耶律天柱说：“一种，公马从后面抱住母马的腰。”

如雪问：“飞鸟有多少种姿势？”

耶律天柱说：“不知道。”

如雪问：“我们有多少种姿势？”

耶律天柱说：“不知道。”

如雪说：“我们一起试试，有多少种姿势，你先从后面抱住我的腰。”

冬雪，雪片大如手掌。

宫殿里一声婴儿啼哭，老太监禀告耶律天柱：“圣上，是个皇子。”

耶律天柱大喜：“赐如雪为俪妃。”

10

二皇子舜骨骑在耶律天柱的肩头，向远方挥着手，叫："我妈说，南边有宋国，有个西湖很好看。父皇，咱们过两年，找个早春，打过去看桃花！"

耶律天柱说："好。"

舜骨接着叫："我妈说，西边有个大秦，有个海很好看，比湖还大，父皇，咱们再过五年，找个夏天，打过去看大鱼！"

耶律天柱说："好。"

舜骨接着叫："我妈说，北边有蛮族，我长大了比他们还强壮，我一箭射杀两个壮汉，咱们过几年，把他们赶到北边的北边，赶到天边！"

耶律天柱说："好。"

迷骨离坐在椅子上，叫："舍利浊，给我洗脚。"

舍利浊说："殿下不是刚洗过吗？我让曷刺来给您再洗。"

迷骨离说："你耳背啊？才多大啊？我让你给我洗脚。你洗了那么多年，老同志了，经验比曷刺他们多太多。"

舍利浊面色不改，端水，跪坐，替迷骨离洗脚。

迷骨离说："舍利浊啊，我其实是想和你聊聊天。"

舍利浊说："不敢。"

迷骨离说："你说，皇帝一般都活多少岁？"

舍利浊说："皇帝都是万岁。"

迷骨离一脚踢翻洗脚盆，叫："你妈万岁！谁能万岁？我要到什么时候才能坐在龙椅上，说什么是什么啊？什么时候才能挑姑娘啊？"

舍利浊说："殿下说的都对。"

迷骨离说："你是大太监，知道人生道理，我问你，当一个好皇帝最重要的是什么？"

舍利浊说："汉人皇帝李世民编了一本《贞观政要》，我可以让你老师教给你。"

迷骨离说："那管屁用！最重要的，就是一条，否则就不重要了。"

舍利浊说："小人愚钝。"

迷骨离说："胆大！看谁爽，大着胆子拉他下来，你就爽了。"

舍利浊说："殿下说得对。"

迷骨离说："俪妃人美，心眼儿也不错，她说西域的土方，胆不是练出来的，是天生的和后天吃出来的。最次吃猪胆，吃熊胆好些，最好吃人胆，和红酒一起喝，不能嚼。"

舍利浊说："我替殿下留意熊胆吧。"

迷骨离说："你还是帮我留意人胆吧，还有好的红酒。下次哪个太监犯错，大小不论，我杀了他再说。过一阵我和耶律天柱说，我要挂职去刑部锻炼，杀几个不是太监的，试试哪种效果更好。”

迷骨离和舜骨并排站在耶律天柱的面前，迷骨离比舜骨大十七岁，高一倍，重四倍。迷骨离已经开始胡须浓密，眼神凶狠。

耶律天柱问：“我两年前给你们两个的玉简都还在吗？”

舜骨看了眼迷骨离，迷骨离低头沉思，舜骨于是说：“父皇，玉简我一直贴身带着，洗澡也放在手边。”

迷骨离说：“一定在我房间里，过几天我找给父皇，其实那个玉质一般，不是和阗玉。”迷骨离想起来了，那个玉棒棒第二天就被他用来抽宫女，几下就抽折了，那个宫女的屁股太壮实了。

耶律天柱接着问：“上面说了什么？”

舜骨又看了眼迷骨离，迷骨离低头沉思，舜骨于是说：“父皇，玉简上五个字：仁、义、智、勇、洁。”

迷骨离说：“基本意思就是说，胆要大，心要狠，手要黑，睡姑娘的时候，要注意个人卫生。”

耶律天柱喝了半碗舍利浊递过来的鹿血，小声嘟囔：“真腥。老皇后死后，一直没有立皇后，懿妃立不得，我该不该立俪妃呢？”

舍利浊脸色不变，一句话都没说。

早朝。

耶律天柱说："那些能扔骰子解决的正经事，都基本处理完了。退朝之前，我有个不能扔骰子解决的事儿，需要大家议议。"

耶律天柱顿了顿，接着说："老皇后死后，一直没有立皇后，懿妃立不得，我该不该立俪妃呢？"

丞相迪车的脸色惨白，说："臣以为不可。俪妃非我族类，金发碧眼，不能母仪天下。"

耶律天柱说："非我族类有非我族类的好处，俪妃不会有十个弟兄，控制我一国的军队。"

丞相迪车继续惨白着脸，重复说："臣以为不可。俪妃非我族类，金发碧眼，不能母仪天下。"

耶律天柱说："老虎不露牙齿，也是能咬人的。拖出去，杀了。"

丞相迪车被按倒，叫："杀了我也是这句话。人早晚有一死，我死得其所。陛下你保重。"

文武齐齐跪下，舍利浊快步进殿，交给耶律天柱一张纸条。耶律天柱展开："陛下，不可因我一妇人拒谏杀大臣，否则，人怨国怨，咎皆归妾。自古败亡，皆因妇人。不想后世如此评价陛下。如雪。"

耶律天柱对迪车说："今天天气晴朗，没日蚀，没地震，不是杀傻人的好天气，改天吧。"

迪车说："谢陛下不杀之恩。改天我还这么说。"

花园。

耶律天柱从后面抱着俪妃。俪妃站得很直。

耶律天柱说："你脑子好使。"

俪妃说："我脑子不好使。我替你想比替我想多很多而已。"

耶律天柱说："你不让我立你为皇后，我死之后，你和舜骨怎么办？"

俪妃没说话，眼睛一直盯着在花园里练拳脚的舜骨。

11

一只白尾信鸽飞到快刀刘的金鱼池，这样的信鸽，每周从宫中飞来一次。

快刀刘取下信鸽腿上绑的锡桶，展开里面的纸条，两行左手写的小字："太子又杀一人取肾，就酒吞之。皇上欲立俪妃为后，众臣力阻，俪妃亦阻。"

快刀刘面无表情，把纸条放在嘴里一个字一个字地吃了。

快刀刘的手术室，烛光昏暗。

快刀刘问："麻药给够了吗？"

家仆刘庚说："刘爷您刚才自己给的。做过这么多了，应该没错。"

快刀刘说："嗯。"

快刀刘的刀尖在微微颤抖，他微微闭上眼睛，再次睁开，右手按照原来的信心和惯有的果断按刀下切。

手术台上的小孩儿一声惨叫，一阵疯狂扭动，刀尖深陷腹股沟，一股鲜血狂喷出来。

刘庚狂叫："刘爷，股动脉断了！我该死，我没绑紧他！"

血持续从刘庚堵血的双手指缝中喷射，堵不住。

小孩子很快不动了。

刘瑾在下面对如晴说："我要吃你。"

如晴说："没有这个规矩。"

刘瑾说："我从来不守规矩。你有多少个兴奋点？"

如晴说："没数过。"

刘瑾说："那我们找找看。"

如晴说："找全了，就忘记我了？"

刘瑾说："不会。我喜欢你的味道，味道很难忘。我总记不住你的脸，我知道你的脸很好看，但是就是记不住，所以总需要再看，永远再看。”

如晴说：“你是妖，我的妖。你不需要鸡巴，也能轻易害死人的，害死我。”

刘瑾说：“我需要鸡巴，我只要用它慢慢害死你。我盼着那一天，它也老了，你也老了，天也老了，地也老了。”

刘瑾心满意足走进餐厅，快刀刘直挺挺坐在餐桌一侧，一壶酒、四个菜，一动不动。

刘瑾看到桌子上一个药瓶，问：“颜色和以前不对啊，老刘，你新配的麻药？”

快刀刘说：“嗯。昨天正常麻药量没有麻倒一个小孩，切到了股动脉，小孩死了。”

刘瑾说：“有这种事儿？那麻药对这个小孩儿不管用？估计是个体差异。那麻药要加量了。”

快刀刘说：“嗯。我新配的这个麻药劲儿大。”

刘瑾仔细闻了闻：“嗯，好东西，妙。”

快刀刘说：“这是高浓度原液，喝半瓶要昏睡三天三夜。”

刘瑾又仔细闻了闻：“最多两天两夜，最多。”

快刀刘换了个话题：“儿子，你最近开心吗？”

刘瑾说：“开心啊。白天劳碌，晚上打炮，睡到自然醒。”

快刀刘说 :“你还有什么没满足的事情吗？”

刘瑾说 :“没有啊。这样不是挺好吗？就是最近偶尔想，以后咱们不切卵了，咱们改当正行医生吧。你我的手艺，转身当名医不成问题，心里没有负担，为下辈子积德，白天劳碌，晚上打炮，睡到自然醒，人生就圆满了。”

快刀刘 :“你生在富家，你不知道什么是穷。你天赋极好，不知道什么是满足不了的欲望。”

刘瑾说 :“所以我很知足。”

快刀刘说 :“如晴好吗？这么久了，你不烦吗？”

刘瑾说 :“不烦，正开心着呢。声音不过宫商角徵羽，曲子无穷尽。味道也不过五种，颜色也不过五种。如晴是真的尤物，每天不同，每年不同，风雨阴晴不同，春夏秋冬不同，喜怒哀乐不同，总之变化无穷。我有她，我知道了万千世界。”

快刀刘说 :“很好。你相信我的判断吗？”

刘瑾说 :“相信。我到今天，全是你安排的。如果我不去大秦学医，我治不好寅底水的病，我也得不到如晴。”

快刀刘说 :“很好。即使你不能马上理解，也相信我的判断，按我安排的去做？”

刘瑾说 :“是啊。你是我爸啊。”

快刀刘说 :“很好。但是你怀疑我的麻药药力不够。”

刘瑾说 :“老刘，这不是一件事，这是学术问题，我有足够的信心，我喝半瓶，我只会睡两天两夜。不信，我可以试试。这样有什么副作用也能看出来。您和如晴说一声就好。”

刘瑾仰脖喝了半瓶桌子上的麻药。

12

阳光明媚，紫藤花开，飞鸟鸣叫。

刘瑾睁开眼睛，脑子发涨，身体软耷，快刀刘面无表情地看着他。

刘瑾说：“老刘，你的药太猛了，我睡了多久？”

快刀刘说：“你睡了两天两夜，你说的是对的，你才气太盛。”

刘瑾说：“那你就稀释十倍，给小孩儿喝，再做手术就没问题了。”

快刀刘说：“好。”

刘瑾说：“我做了好些梦，梦见我们当正行医生了。梦的有些部分，我记住了，更好的阑尾手术术式啊，更好的肛瘘手术术式啊，我要爬起来记下来，要不等会儿忘了。”

快刀刘按住刘瑾的双肩：“你还得躺着，你还要躺二十八天。”

刘瑾说：“为什么啊？”

快刀刘说：“因为两天两夜前，我切了你的卵。”

刘瑾想跳起来，但是发现身体被牢牢固定在床上。

快刀刘说："你别动，也动不了。上次出事儿，我改进了麻药，也改进了手术床，绑得牢牢的，怎么痛，也动不了。你或许认为我疯了，但是我没有。做大事，要舍得。你先什么也别说，听我说完，你还有二十八天可以想。你知道这里是什么地方？是我们家的祖堂，也是我存所有卵的地方。二十五年前，我们家已经是最有势力但是最没地位的人。二十三年前，我把我最喜欢的姑娘送给皇上，她后来生下了当今的太子，当今的太子是你弟弟。二十三年后，你弟弟变得越来越暴戾，老皇帝又有了新宠，新宠又有了儿子，你弟弟要被废了。千年的一个机会，我们会成为皇族，我们都是手段，不是为了我们自己，是为了将来，手段永远小于目的。这个皇族的将来需要你进宫，帮你做太子的弟弟成为皇帝。二十三年前是懿妃作了牺牲，二十三年后，该你了。"

许久之后，刘瑾说："什么时候该你牺牲啊？"

十天之后。

刘瑾说："我要是不干呢？"

快刀刘说："你还能干什么？"

刘瑾说："即使我什么都不干，我也不成全你呢？"

快刀刘说："我能切下你的卵，也能切下你的头。"

刘瑾说："我答应你，进宫之后，再告发你，你不怕？"

快刀刘说："尽人事知天命。如果你弟弟当不上皇上，我也没其他念想，活不活关系不大。"

二十天之后。

刘瑾说："老刘，对于手术恢复期的小孩儿，我以前最大的担心是他们做春梦。做了春梦，伤口八成会裂开，八成会感染。我现在明白了，其实没了卵，很难做春梦，至于那些小孩儿，根本就没过过春宵，没了卵，更不会做春梦了。"

快刀刘说："你如果生在普通人家，你会是名医，没有了卵，也会是名医。"

刘瑾说："我如何和如晴说？"

快刀刘说："你和如晴不说。我和如晴说，说我很难过，说你试喝了麻药，阳痿了，不想再见她，去宫里做事去了。一切都是报应，别说我们家切了这么多小孩儿，就说切了这么多驴，也该阳痿了。我和如晴说，她可以留下，留多久都行，也可以走，能带走多少金子就带走多少金子。如晴知道得越少，她活得越好越长。"

刘瑾说："我如何帮迷骨离？"

快刀刘说："我不知道。我知道方向，不知道细节。你会找到细节。"

刘瑾说 :“好。你安排我进宫。”

13

皇帝耶律天柱说:“我实在不行了。”挺直身体,不再四脚着地,除了靴子之外一丝不挂的俪妃被摔在虎皮上。

俪妃没有马上爬起来，匍匐在虎皮上，腰部细窄，臀部浑圆，小腿修长。皇帝耶律天柱一眼没看，一脑门子汗水，仰头瘫倒在虎皮上，后脑砸在俪妃腰际，俪妃微微一动，没出声。

一滴汗，从皇帝耶律天柱的脖子上流下来，流到俪妃细窄的腰，辗转在俪妃细细的金色的汗毛上，最后消失在虎皮上的虎毛之间。

俪妃说 :“要不要我吃吃它？”

耶律天柱说 :“没用。你也试过几次了。”

俪妃说 :“我冰了上好的马奶酒，我热了上好的葡萄酒，我先含了冰马奶酒吃它，再含了热葡萄酒吃它。应该可以的。”

耶律天柱说 :“饶了我吧。没用的。鸡巴会被泡熟的。”

俪妃说 :“这七年，你除了我，再也没睡别人，我想，即使是普通人，也该厌倦了。我把懿妃叫来，和她一起伺候它，好不好？”

耶律天柱说："别费事儿了。什么 3P、SM、幼女、老妇，找到你之前，我都试过了，没用。早就没用了。我实在不行了。"

俪妃说："陛下是太喜欢我了，我何德何能？"

耶律天柱说："我实在不行了，你要受苦了。"

俪妃说："陛下言重了，陛下愿意看着我，我就很满足了。"

耶律天柱的眼睛已经闭上，睡了，唾液如游丝飘扬。

耶律天柱说："舍利浊，七年前，你找到俪妃，大功一件。现在，你要再帮我找个好医生，让我能再肏俪妃一百年。"

舍利浊说："好。陛下，我尽力。"

耶律天柱说："你叫什么？"

刘瑾说："刘瑾。"

耶律天柱说："你是快刀刘的亲儿子？你被你亲爸爸净了身？"

刘瑾说："他净身净习惯了。再说，舍利浊总有办法让人做出超乎常规的事儿。"

耶律天柱说："你不恨他们俩？"

刘瑾说："司马迁不是写了《史记》吗？命是要认的，不认也得认。我净了身，在宫里当御医也方便。"

耶律天柱说："舍利浊说你比我御医钱平、冯固、李剪的医术都强。"

刘瑾说："他们基本功都很好，人笨些。"

耶律天柱说："让我能再肏俪妃一百年？"

刘瑾说："陛下要什么？"

耶律天柱说："你什么意思？"

刘瑾说："目的决定方法。陛下要活得快活呢，还是活得长？是要肏俪妃呢，还是活一百年？"

耶律天柱说："不能两全？"

刘瑾说："鱼肉熊掌通常不能两全。"

耶律天柱说："钱平、冯固、李剪也是这么说的，不能两全，家国为重，社稷为重，劝我不肏俪妃，多活百年。你也这么说，我留你做什么？"

刘瑾说："我说，鱼肉熊掌通常不能两全。"

耶律天柱说："还有什么不通常的？"

刘瑾说："有，可以让陛下肏俪妃百年。但是有先决条件。"

耶律天柱说："你讲。"

刘瑾说："陛下心里必须唯我独尊，必须控制一切，必须把俪妃不当人，必须没有怜爱。"

耶律天柱说："那当俪妃是什么？"

刘瑾说："不当成什么，把她当成一个物件而已。"

俪妃躺在虎皮上，玉一样，光润，细腻。

耶律天柱按照刘瑾说的，慢慢摆弄俪妃：手指，腕背，肘尖，腋窝，额头，颈背，肩头，乳房，锁骨，乳沟，肚脐，阴阜，阴门，阴蒂。

俪妃开始柔软，像刘瑾形容的那样，发出各种细碎的声音和零散的味道。

耶律天柱按照刘瑾说的，继续摆弄俪妃：脚趾，脚踝，小腿，腘窝，大腿，腿根，髂骨，臀沟，尾骨，腰侧，肚脐，阴阜，阴门，阴蒂。

俪妃瘫在虎皮上，像刘瑾形容的那样，发出各种连续而高低起伏的声音和漫延弥散的味道。

耶律天柱看着俪妃，俪妃的眼睛是半闭着的，耶律天柱觉得自己仿佛看着一匹完全失去抵抗、等待宰杀取血的梅花鹿。

虎皮下有刘瑾配的药膏，耶律天柱问过刘瑾，如果他硬不了怎么办？刘瑾说，不会。耶律天柱说，我要防万一。

耶律天柱看着俪妃，梅花鹿的想象让他的鸡巴在瞬间僵直，仿佛手上多了一把僵直的短刀。耶律天柱提了一口气，鸡巴顺着股缝捅进去，仿佛杀死一匹梅花鹿。

耶律天柱挥舞着这把刀子，按照刘瑾说的正斜、浅深、快慢，仔细宰割俪妃，刀尖宰割过所有角落：阴蒂，阴道深一指、二指、三指、四指、五指、六指、七指、八指。

刀尖添至八指之外的宫颈口，俪妃一声猫叫，泉水奔涌，耶律天柱按照刘瑾的说法，一动不动，默默数了九下，拔出鸡巴，还是短刀一样僵直。

耶律天柱披了虎皮推门离开俪妃。

老太监在门口小声背《孟子》：“舜发于畎亩之中，傅说举于版筑之间，胶鬲举于鱼盐之中，管夷吾举于士，孙叔敖举于海，百里奚举于市。故天将降大任于是人也，必先苦其心志，劳其筋骨，饿其体肤，空乏其身，行拂乱其所为，所以动心忍性，曾益其所不能。”

耶律天柱一边快走，一边对老太监大吼：“背圣贤书，大声点！”

耶律天柱快步走出俪妃院门。

早朝。

耶律天柱说：“今天起，不用骰子了。先尽脑子，再用骰子。谁替我去一趟宋国，帮我带回几朵西湖的桃花？听说他们的皇帝只知道绣花和画画。谁替我去趟大秦，帮我带回几尾大海鱼？听说他们最近新研制的铠甲刀枪难入。”

围场春狩。

迷骨离吆喝左右的群小，打了几十只兔子，开心地大呼小叫。

舜骨骑了一匹小马，紧跟耶律天柱，飞奔。

耶律天柱一箭射中黑熊左眼，黑熊疼痛站起，耶律天柱马惊，舜骨一箭射入黑熊胸口上的白月牙，黑熊痛苦倒地。

14

耶律天柱说：“西湖的桃花竟然有些香气。我还需要再生几个儿子，真打起仗来，刀剑无情，我这两个儿子不够用，不够死的。”

刘瑾说：“陛下，要肏得爽，要活得长，再加上要多子，太难了。”

耶律天柱说：“我封你为国师，总领大内。”

刘瑾说：“谢陛下。可是陛下要明白，要得越多，风险越大。”

耶律天柱说：“你说详细。”

刘瑾说：“陛下必须更加控制，包括射的时候和量。如果要生儿子，陛下年事已高，可能不得不用药。用药之后，控制不住，陛下有可能有生命危险。”

耶律天柱说：“刘瑾，我是控制天下的人，控制是我的专业。如果能多生几个好儿子，我死早些无妨。”

刘瑾说：“我尽力而为。”

耶律天柱说：“需要我如何做？”

刘瑾说：“如果要生好儿子，尽量使年纪小的女人，尽量在高潮中受孕，尽量在天地间野合。”

耶律天柱说：“我如果能做两个时辰，做十个还是一个？”

刘瑾说：“一瓶酒倒十个杯子里。”

俪妃说：“曷鲁，最近皇上晚上都干什么？”

曷鲁说：“娘娘，陛下遣散了三十个年岁大的宫女，又招了二十个十六岁的民女入宫。”

俪妃说：“哦。”

曷鲁说：“娘娘，陛下晚上在后花园高烧红烛。”

俪妃说：“哦。”

曷鲁说：“娘娘，陛下在后花园铺上虎皮，虎皮上躺十个宫女，陛下一次劳作两个时辰。”

俪妃说：“哦。”

俪妃望着窗外，远远看着舜骨在练射箭，成年人的弓基本也能拉开了，眼睛也凶狠地闪亮。

俪妃说：“谁负责这二十个新进宫女的起居饮食？”

曷鲁说：“娘娘，是曷石，您救过他们全家的曷石。陛下临幸后二三十天的情况，曷石已经随时向我通气。”

俪妃说：“哦。”

一小桌精致的酒菜。

舍利浊说：“刘瑾，你知道大家为什么都开始巴结你吗？”

刘瑾说：“我能影响皇上。”

舍利浊说：“你这么快就统领所有太监，你知道我为什么没怨气呢？”

刘瑾说：“你不好这个。”

舍利浊说：“我好什么？”

刘瑾说：“钱、黄金、白银、珠宝、田地。你要那么多，这辈子，花得完吗？”

舍利浊说：“你怎么知道的？皇上宫里那么多女的，使得完吗？皇上疆土那么大，干吗还想着宋国的西湖啊？”

刘瑾说：“快刀刘卖一个卵，分你多少，我不知道，但你肯定有分成。原来帮你分管宫内财务的曷刺告诉我，太监们抱怨，你分发的银两都不够分量。我想，你从国库里领出来的银两应该够分量。”

舍利浊说：“你打算怎么办？”

刘瑾说：“事关大伙多年的工资，众怒必须平，我打算管曷刺借个东西。”

刘瑾说：“曷刺，最近几年，太子的饮食起居你在负责？”

曷刺说：“是。太子每一种吃的，每一种喝的，我都先吃一口，都先喝一口。”

刘瑾说：“一口？”

曷刺说：“一口。”

刘瑾说：“听说俪妃娘娘救过你父亲。”

曷刺说 ："嗯，俪妃娘娘大恩大德。"

刘瑾说 ："你深吸一口气，有没有隐隐觉得肋骨痛？"

曷刺深吸了一口气，"啊"的一声叫出来。

刘瑾说 ："太子宫里的饮食，都是你配给的？你对大秦学派的矿石毒物学知道多少？"

曷刺说 ："曷鲁统一配给的。我不知道大人在说什么，我不知道什么大秦学派。"

刘瑾说 ："你或许说的是真话。这个咱们不提了，咱们说一件别的事儿。"

曷刺说 ："大人吩咐。"

刘瑾说："你说过太监们抱怨，舍利浊分发的银两都不够分量。民愤太大，我管你借个东西，平平众怒。"

曷刺说 ："大人吩咐，我有的，大人尽管拿去。"

刘瑾说 ："银子都是你称量后分给大家的，我知道，秤是舍利浊动过手的。我要借你的人头一用，说银两被你贪了。"

曷刺的脸变得阴暗而狰狞，说 ："大人，这样公平吗？"

刘瑾说 ："这世上有'公平'二字吗？你知道吗，你给太子的每一口吃的，每一口喝的，都是慢性毒药。每次你吃一口，太子吃多少？太子几年前，没那么喜欢杀人玩儿吧？这几年下来，我判断，太子已经无药可医了，脾气会越来越暴躁，在一两年之后的某天，他会五脏出血而死。你觉得如果太子知道了这一切，他会如何处置你？清炒？红焖？乱炖？”

响晴天。

出了三件事，宫里的大小太监们都很高兴。

第一件，曷刺被抓出来杀了，原来亏欠大家的银两，连利息都补上了。据说，快刀刘添了钱。

第二件，在城外最近的一块绿洲建起了一片房子，叫中官村，太监过了五十岁出宫，都可以过去。无须劳作，有人伺候，衣食住行免费。据说，太子迷骨离出的钱。

第三件，在城外山上开出来一块墓地，叫中官坟。死了的太监都可以安葬进去，有专人看护打扫，按时祭奠。曷刺成了第一个进去的太监。据说，国师刘瑾把皇帝赐给他的全部财宝都贴到了这个中官坟上。

刘瑾到太子宫。

刘瑾对顶替曷刺照顾太子饮食的太监说：“把太子宫所有库存的食物都退给曷鲁。告诉曷鲁，以后太子每吃一口，每喝一口，都会先经我亲自查看。”

迷骨离说：“刘瑾，听说你啥都会，你让耶律天柱活得无比长，他的鸡巴也无比长。你长得不错啊，比舍利浊还好，难怪升得快。

我脑子越来越乱，越来越急，有时我想用头撞墙，有时我什么都不想，连当皇上都不想，有时我想现在就当。你有药治吗？”

刘瑾说：“没什么特别的药了。多使使殿下的嫔妃吧。”

迷骨离说：“使烦了。多烦啊。对了，我生儿子了，是啊，你还送了玉锁当贺礼呢，昨天一百天了，喝酒。玉锁真白，比俪妃还白，她腰挺细，没见过这么白的。我任务完成了吧我，我穿越时空。你把裤子脱了，你比舍利浊好看。”

刘瑾面无表情，说：“殿下，我没听清楚。”

迷骨离说：“你把裤子脱了，你比舍利浊好看。”

刘瑾面无表情，说：“所有人退下。”

迷骨离说：“一个都不许走。他们不是你手下吗？你怕什么？都退下了，就我们两个人，时空扭曲了，你掐死我，谁帮我啊。你脱裤子，转过身去，手抓着那个龙椅的椅背，屁股撅高点，不许哭，我最怕听见哭声了，我儿子最爱哭了，改天掐死他。”

刘瑾面无表情，他忽然非常想念快刀刘和他配的能让人昏迷两天两夜的麻药。

15

舍利浊说：“俪妃娘娘，陛下要见娘娘，请娘娘移步。”

俪妃说:“烦公公禀告陛下,臣妾最近皮肤不好,不能见陛下。”

舍利浊离开。舍利浊转回来。

舍利浊说 :“陛下说，想不清楚娘娘长什么样子了。陛下还说，最近睡的女人都没有娘娘好看。陛下还说，要见娘娘，请娘娘移步。”

俪妃说:“烦公公禀告陛下，臣妾以色侍君，这几天颜色不好，不能见陛下。”

舍利浊离开。舍利浊转回来。

舍利浊说:“陛下说，这几枝桃花送给娘娘，从汉人的西湖来。陛下还说，明天接见汉人的使者，让娘娘也上朝。陛下还说，我们蛮人,不必守汉人的规矩。陛下还问,娘娘最近长什么样子了？”

俪妃说 :“好。我明天朝堂见陛下。”

早朝。

俪妃坐在耶律天柱旁边。俪妃戴着面纱，全身裹纱，只有金色的头发和蓝色的眼睛露在外面。耶律天柱的眼睛一直在俪妃身上。

汉人的使者低首侍立，说 :“陛下，我朝皇帝耳闻俪妃娘娘美艳冠绝天下，特令我献上和阗白玉连环。听说贵国长于弓马，最近脑子有长进，不知道能不能解开这个玉连环？”

舍利浊把玉环递给耶律天柱，耶律天柱把玉环递给俪妃。

俪妃看也没看，摔在地上，白玉环粉碎。

俪妃对使者说：“你们汉人的玉环解开了。”

俪妃寝宫。

舍利浊说：“俪妃娘娘，这些是这两天的奏章，陛下让娘娘先看一遍，晚上再听俪妃娘娘意见。”

俪妃说：“本朝好像没有这个规矩吧？”

舍利浊说：“陛下说什么，什么就是规矩。”

俪妃说：“陛下晚上在后花园浇完那十棵花才过来我这儿吧？”

舍利浊说：“是。”

耶律天柱对俪妃说：“你脑子好使，你有气质。”

俪妃对耶律天柱说：“我是爷的，我是你使的。”

耶律天柱说：“有你，我省心太多。”

俪妃说：“我最近总是头痛，看些奏折还好了些，但是还是痛。听说刘瑾是圣手，陛下能不能让他帮我也看看？”

耶律天柱说：“当然，他就是一个奴才，你随便用。他还是一个太监，你放心用。”

俪妃寝宫。

俪妃屏退了其他人，只剩她和刘瑾。刘瑾看到俪妃条案上堆积成小山似的奏章，奏章上俪妃清秀的字迹。

俪妃说："你怎么知道曷刺给太子下了毒？"

刘瑾说："曷刺没下毒。"

俪妃说："太子当众使了你。"

刘瑾说："那是另外一回事儿。而且，太子是主子，他除了耶律天柱的女人和他妈懿妃不能使，其他人都可以使。舜骨即使将来当众使了我，如果有人给他下毒，我也会挡着。"

俪妃说："我一直头痛。"

刘瑾说："宫廷病，出了宫就好了。"

俪妃说："出不了宫呢？"

刘瑾说："那就要用药。"

俪妃说："什么药？"

刘瑾说："以大麻为主的一种香。刚开始的时候，嗅多了，常常见到鬼，想拼命跑。嗅习惯了，能见到神仙，身体飞起来，脑袋就不痛了。点这种香药，摸陛下摸你的那些地方，一样的地方，一样的顺序，三天一次，效果不会差。"

俪妃说："你身上有吗？试试吧。现在。"

刘瑾点起迷香。俪妃的眼神逐渐柔软。

俪妃说："我的头已经不那么痛了。我摸那些地方的时候，脱光了是不是更好？泡在温暖的水里是不是更好？"

俪妃牵着刘瑾，拿着迷香，走进内室。

俪妃说："你伺候我脱衣服。"

刘瑾一件一件帮俪妃脱衣服，最后，帮俪妃散开发髻。俪妃的奶头忽然直挺，说："刘瑾，你不是太监，你的眼神不对，你的手指有冲动要抚摸我。你到底是谁？你给我把自己的衣服也脱了。"

刘瑾一件一件脱了自己的衣服，两腿之间，了无所有。

俪妃把刘瑾的衣服扔进水池，说："你来摸我的那些地方，是不是比我自己摸效果更好？你拿嘴来摸，是不是比用手摸效果更好？来，开始吧。"

俪妃的身体从白色变成金色再变成粉色。刘瑾从俪妃的两腿间抬起头，俪妃的眼睛早已经闭上，刘瑾狂亲俪妃的脖颈、肩膀，留下一个个深红的吻印。

俪妃睁开眼："刘瑾，你是尤物。可惜了，这是在宫里，我收不了你，也容不下你。耶律天柱马上会来这里，他每天都会来听我给他讲奏折。内室的门已经锁了，你的衣服已经湿透了，你说耶律天柱看到你和我这个样子，他会怎么处理你？"

刘瑾说："舍利浊，帮我开一下门，帮我拿一套换洗衣裳。"

舍利浊一个人推门进来，服侍刘瑾慢慢穿上衣服。

舍利浊说："俪妃娘娘，陛下说，想不清楚娘娘长什么样子了。陛下还说，最近睡的女人都没有娘娘好看。陛下还说，要见娘娘，请娘娘移步。这次，娘娘一定得移步。”

刘瑾说：“今夜风大，娘娘路上会被风吹到，迷香里还有其他一点点东西，娘娘受风之后，会一个字也说不出来，脖颈和肩膀上的唇印会非常醒目。舍利浊会一直陪着你。”

后花园。

耶律天柱问了三次：“到底是谁？那些印子是谁的？”

被绑成粽子一样的俪妃一言不发。

耶律天柱看了看周围的众嫔妃：“好，我给过你机会，你不要。众嫔妃，俪妃就交给你们了，我想，你们有办法让俪妃开口，你们想怎么处理就怎么处理。”

耶律天柱转身离开。

俪妃寝宫里的桃花还开着。

鲜红的纤细的血水从后花园紧闭的院门流出来，很快，干了。

城门外，风起。

白车子室韦将军小声问舍利浊：“俪妃病故了。陛下要舜骨去幽州实习锻炼，他真想舜骨到幽州城吗？”

舍利浊说：“舜骨是看着俪妃如何死的。他的身手，不出五年，会是一国之内，一等一的弓马好手。”

白车子室韦将军点了点头。

16

一年之后，太子寝宫。

太子迷骨离对刘瑾说："想了半天，才想起我是皇族啊，我们全家都是皇族！我的亲戚朋友父母两系无一不是皇族，我们那个院全是皇族，我们那条街全是皇族，一家子、一家子，一院子、一院子，男女老少都是皇族。"

太子迷骨离顿了顿，接着说："你是谁啊？你以为你是谁？你就是一奴才，你就是一个虫儿，你就是一个破物质！你连虫儿都不是，连物质都不是，你没鸡巴啊！卵都没有，有什么都是没有啊。你管几千个太监，有用吗？没用！都是没鸡巴没卵的，零加零等于零，空对空还是空。谁有？我有！都是我的，我有一个鸡巴，两个卵，我还有天下。耶律天柱死了，我就有天下了。天下是他的，也是我的，最终是我的。"

太子迷骨离喝了口酒，润润嗓子，接着说："听说你整死了俪妃，牛屄啊，你厉害啊。周围是不是都是你的人？你是不是想毒死谁就能毒死谁？我是不是该特别怕你？我昨天晚上睡不着，吃了两个鹿头，喝了一坛子酒，插了两个时辰的窄屄，还是不行，烦啊。我就想啊，想你这个肏不了窄屄的物质是种什么力量，我打算在时空里给你个位置。我从天地洪荒推演，妈妈的，发现，物质后面还有人，本来想一路推演至今日，实在是路途漫长，停在物质联合那里就算了。你以为俪妃死了，我开心？错！她是我偶像啊，我还没碰过她呢，最近也是距离十丈远。我和她都是皇族，怎么着都比我和你亲。”

刘瑾一言不发。

太子迷骨离又喝了一口酒，脱了裤子，对刘瑾说：“你跪下。”

后花园，秋风渐凉。

耶律天柱看着在虎皮上躺成一排的十个嫔妃，喝了半碗鹿血，尽职尽责地扑了上去。

两个时辰。

耶律天柱抬头，满头汗水，天上忽然飘下零星雪片，大如手掌。耶律天柱忽然想起俪妃如雪，但是实在想不起来她的模样。耶律天柱低头，压在身体下面的嫔妃闭着眼睛，在这一瞬间的表情简直就是俪妃如雪。

耶律天柱感到一种巨大的无名的力量，一泻如注，嘴角流出淡红的血来，全身瘫在嫔妃身上，无骨无肉，仿佛只剩一张皮囊。

耶律天柱在三天之后驾崩。

迷骨离在登基之后的第三个月，暴病而亡。

迷骨离的儿子小迷骨离登基，年方两岁。刘瑾被封为大圣大勇大孝大光国师。

2007 年 5 月 3 日至 10 月 7 日，旧金山，香港，成都，北京

安阳

一

贞亚每次睡前大把大把抓摸小星的头发，每次都梦到那次大爆炸。

二十岁生日前后，贞亚连续梦见他出生时候的众多细节。这些细节不容分说地一次次在他的梦里出现、重复、生长、变化、丰富，贞亚从来没有过记忆的出生，一时越来越真实，具备声音、形状、色彩、味觉，甚至触感，仿佛一块慢慢发育的山林和一块在兽皮和石砣琢磨下缓缓软润起来的玉璧，渐渐地比他从梦里惊醒后睁眼看到的夜晚更加真实。

出生的时候，贞亚在没有意识的状态中杀死了他妈，这些连续的梦不容分说地指示这一点。作为占卜师，贞亚对于真实的定义比通常人定义的真实宽泛很多。贞亚忽然感到巨大的无能为力的忧伤。

贞亚一直良好的睡眠彻底消失了，就像他不知道原来为什么倒头就能睡着一样，他睁眼看着夜晚在他眼前轻柔而复杂地变化，仿佛一只巨大的雌性野兽，它黑褐色的皮毛和胸口随着呼吸起伏，呈现相似但是又不尽相同的黑褐色，他不知道为什么躺了这么久还是不能睡着。

贞亚的占卜工作受到了很大影响，他渐渐看不清楚未来，或者，更精确地说，他渐渐对于自己看到的未来失去了信心。

原来睡眠质量好的时候，贞亚在灵台上观察星辰运行和云气变化，在灵台下的密室观察龟甲和水牛肩胛骨如何慢慢开裂。他完全不用计算，甚至只饮很少量的酒，不用大麻和罂粟，不用活人祭，他微微阖上眼睛，迅速进入迷幻状态，未来的细节在他头脑里一树一树、一山一山地花开，瞬间成形，神气具足。贞亚准确预测了过去十五年中发生的所有月食和日食，所有的地震和大洪水，所有大型战斗的胜败，他甚至给盘庚描述出几次重要战斗的具体过程：敌对部族在哪个山冈潜伏，第一块滚石何时滚落，有否大象和豹子这类少见的野兽参加战斗，豹子扑上来，牙齿插入战士的咽喉，血喷射到豹子的眼睛和睫毛上。

盘庚说："如果战斗真是这样，如果我们取得了胜利，我让你做我的大宗伯。"

贞亚说："你会取得战斗的胜利。大宗伯对于我不重要。"

盘庚说："能否再多告诉我一些细节，比如我们的战士比他们具体少多少？"

贞亚说："你已经知道了足够多的细节。任何人，包括我，包括作为帝王的你，知道太多不应该知道的东西都不吉利。"

盘庚说："你能改变战斗的结果吗？"

贞亚笑了："改变的复杂程度远远高于预测。但是，无论怎么改变，也只有一个结果。而且，你怎么知道这个结果不是我努力改变了的结果呢？你明天出征，一定要记得看你左边的山冈，一看到有两只黑褐色的飞鸟从树梢上飞起来，第一块滚石就要落下来了。切记，两只黑褐色的飞鸟。"

盘庚还经常问起他死去的父亲和爷爷以及他依稀记得的祖爷爷。相比星相、地震和战争，贞亚对于这类问题总是更加乐于回答，给盘庚更多的细节，这些细节远远多于盘庚自己对于他祖先的记忆。有几次，盘庚的记忆和贞亚的描述出现了黑白分明的差别，贞亚说，你再仔细想想。盘庚仔细想，再仔细想，夜晚就梦见了祖先，梦中的细节和贞亚的描述完全一样。

盘庚说："你怎么知道我祖先这么多情况？"

贞亚笑了："因为我知道。"

盘庚说 ：“我想知道更多的细节。我的祖先永远给我力量，上次战斗，我死去的爷爷站在我身后，帮我挡开了一斧头，否则我的左手就没了。”

灵台下的密室没有光，有隐隐的灼烧龟甲和大麻的味道。贞亚伸手抓住盘庚的左手，盘庚的左手一时变小，变得细嫩柔弱，小嫩到小时候被爷爷的左手抓住，手把手教盘庚如何用左手挥短斧做侧挡的动作，一时间，爷爷左手的形状和触感都在。

贞亚捏着盘庚的手没松，许久之后，非常小声地说 ：“王，细节够多了吗？”

二

贞亚被任命为大宗伯的当天夜里，原来的大宗伯巫咸喝光了三大陶罐的米酒，服用了双倍的罂粟、麻黄叶子和大麻树脂，面容狰狞地死了。

算上巫咸，大宗伯的职位在巫咸的家族已经世袭了七代，贞亚被任命为大宗伯之前，巫咸作为大宗伯，实践巫重派占卜术，已经为盘庚服务了八年。饮酒服药前，巫咸对一直跟着他实习占卜术的儿子成梁说 ：“作为占卜师，我们不需要打猎、采集或者征战，如果整个王国里只有一碗饭，国王不能吃，我们吃得，如果我们看上了一个姑娘，国王不能先肏，我们先肏。但是如果我们没有预测到一次日食，我们要自断一根手指，如果天总是不下雨，我们就自断一只胳膊。这次我丢了大宗伯的位子，你以及你的儿子以及你儿子的儿子以及你儿子的儿子的儿子都失去了预测的机会，我自断性命，也算给个交代。”

在商汤立国的早期，随着生产的逐渐恢复，百姓安定，有了一些闲粮、多余的果子和闲暇时间，酿酒、饮酒、种药、嗑药，开始消极懈怠，满天地间溜达，想入非非。日常的种植、采集、狩猎已经不再让另类青年感到刺激，大型战争过去几十年之后，很多青年人开始练习占卜术、占星术、医术之类的巫术。在之后的十年，关于天地的形成、人的产生、王和其他人的关系、神的分类和级别等，产生了比过去一万年来还多的新说法，“四方上下为宇，古往今来为宙”等一些模糊的概念被更模糊地反复定义。巫师们袒胸露乳，肚脐明亮，独来独往，脖子上用细细的牛筋挂了虎牙和玉环，走在空旷而亘古的风里。玉的价格飞涨，上好的玉环，或月白或日黄，看一下迷幻，摸一下心安，可以换十个有过实战杀人经验的武士和十个十几岁的处女。周围的山林里多了很多没了虎牙的老虎，扑倒麋鹿，老半天咬不死，四爪乱挠乱抱，状如乱伦兽奸。也就是在那个时期左右，豢养的狗开始不害怕野生的老虎了。

谣传，大禹的陵墓被挖掘，很多极品的玉璧和玉环被挖掘出来，集中了大禹时代顶尖巫师的魔法，通过隐秘的渠道传到了商的都城。商汤集中了大批的武士，在进行交易的洞穴里抓捕了众多的巫师。鸡巴短于平均值的，杀。脑袋小于平均值的，杀。射精速度快于平均值的，杀。酒醉速度快于平均值的，杀。剩下二十个，捉对，杀。最后剩下十个，并称十巫，养在那个进行交易的洞穴里。山被封为灵山，国人不得入内，洞穴被封为丰沮玉门，和国人说，十巫和日月星辰，每天每夜就从灵山的玉门里升降出入人间。在之后的百年中，国人形成了围绕灵山行走的习俗，祛百病，得百福，一生之中，必须转山一次，如果在转山的时候死去，就是去了仙界，就是至福。

商汤对十巫说："我对于巫没有任何意见，对于宇宙如何形成没有任何意见，对于大地的起源和直到万物完善以前所有发生或者将要发生的大变迁的描述没有任何意见，但是街上整天有上百个巫师说明天地震了、后天日食了，百姓如何和谐生活？出征之前，街上有上百个巫师说一定会输，军队如何打仗？每年每月，街上总有上百个醉醺醺的巫师拉着我的手说：'王啊，我刚刚见过你爸妈，他们让我告诉你说啊，啊，啊，啊。'你们说，我能高兴吗？你们听明白了吗？恭喜你们听明白了！你们的职业将会世袭，如果你们一直听得明白，你们和你们的后代会一直衣食无忧。"

在十巫当中，巫重的鸡巴最大，巫黎的脑袋最大，两个的酒量类似，对迷幻药的耐受能力类似，女色面前，忍住不射的能力类似。他们俩的巫术风格迥异，在他们的带领下，职业巫师逐渐形成了两个主流的以占卜术为主要构成的巫术流派。在之后近五百年的岁月里，这两个流派的占卜师交替担任大宗伯的职位。

巫重派占卜术重直觉，认为宇宙玄黄，无始无终，事物之间的联系千丝万缕，无法解析，需要寻找的是一时灵光，仿佛乌云暗夜中的一道闪电和一声闷雷。巫重派爱上了乌龟，巫重派占卜师认为，乌龟和宇宙最接近，龟背是天空，龟腹是大地，中间是长得像男人鸡巴一样的龟头伸出缩入。他们规定宰杀龟、去龟头和龟肉的步骤，清洗整理好龟甲，制定钻挖凹窝和灼烧的方式方法，等待裂纹像闪电和闷雷一样出现在接近宇宙的龟甲上，告诉他们未来的星相、地震和战争的结果。相反，巫黎派占卜术观察到人的独特存在，天地间似乎只有人会思考，只有人担心下一个时点发生的事儿，只有人会制造工具，保留火种。巫黎派占卜师相信通过人的辛苦努力，事物之间的规律可以被发现和被利用，而直觉，特别是高级占卜师的直觉，尽管多数时候是对的，但是辛苦的分析、总结和判断可以增加直觉判断正确的概率。巫黎派占卜师昼夜不停地观察和记录包括人在内的天地万物，太阳升起、月亮圆缺、星辰变和不变、谷物和草木的生死、雨水和风、男子的勃起和狂躁、妇女的月经和性欲。巫黎派占卜师绘制各种草木禽兽的图谱，以吃不下去为限，分别在刺身和烤熟两种状态，品尝了上千种植物和动物，在品尝的历程中，几个中级占卜师中毒死去。巫黎派占卜师曾经一度认真考虑用妇女的月经周期衡量月份，用妇女从能激发男子性欲到不能激发男子性欲的时间跨度衡量年代，但是妇女的月经周期和性感持续时间明显不如月亮盈亏和四季轮回准确，在使用了几年之后，放弃。负责实验的高级占卜师告诫其他巫术修炼者，作为宇宙一个组成部分的妇女比整个宇宙都复杂，这听上去像个非常明显的错误结论，但是在实际生活中常常正确得可怕。

在巫重派前大宗伯巫咸自杀之前五年，夏天大热，贞亚逼死了巫黎派大师巫浑。贞亚不这么认为，但是国人都这么看。贞亚在那一年的暮春，第一次遗精。贞亚问父亲武正，就像想撒尿一样身体肿胀，但是找一棵大树，又撒不出来，梦里自己出来的，又不是尿，那是什么？怎么办？武正常年看守灵山，很少和贞亚有交流，贞亚自己被放养在都城，都城里见过贞亚和武正的人基本认为贞亚和武正长得没有一点相像。武正给贞亚最简单的回答，那不是尿，不要找大树，去找个姑娘，脱光她，放撒尿的鸡鸡在她两腿中间，插一插，就撒出来了，就不胀了。

贞亚第一次肏屄的夜晚，天比平时亮很多，贞亚从屋里跑出来，逢人就说，我感到遥远的颤抖，要地震了，要地震了。

负责夜间城市治安的武士绑了贞亚，盘庚说，绑啥？杀了。

贞亚说，天亮前，地震，你要学会信我。巫浑说，信啥？等啥？记录上所有的地震迹象都没有出现，你偷学巫术，王，杀了他。贞亚说，天亮前，地震，不能再肯定了，你不信的话，发生了，你怎么说？巫浑说，天亮前，地震，我去喂鹰，王，杀了他。盘庚说，那就等明早。

盘庚就在灵台下的小空场坐了一晚，天亮前，灵台左右晃了晃，倒了。巫浑跳下了灵山的天鹰台，两只鹰尝试阻止他坠落，但是巫浑太胖了，平拍在靠近谷底的岩石上，面目模糊，尸体被鹰吃了几天。

盘庚后来告诉贞亚，他父亲阳甲有一次听大宗伯的预测，说夜半有流星满天，他父亲一个人坐在旷野里等待，半夜里，风起，风过，星如花落。他父亲说，那是他一生中最美丽的一个夜晚，比在梨花树下第一次肏盘庚他妈的夜晚还美丽。阳甲还预言，盘庚也会有类似的相信、等待和实现。

巫重派的前大宗伯巫咸在死前极度亢奋，看到细节异常丰富的未来，对守在身边的儿子成梁说："看来以前我们还是没敢尝试到药物的极限，我看到了，我看到了，我看到了贞亚的死，死得比我惨太多！王八蛋，你也有这一天！我看到了，我看到了，儿子，你成了大宗伯！要知道这样，我就没有必要死啊，来不及了。儿子，你是不是和贞亚商量好了？还是你是比贞亚更大的王八蛋？"

三

贞亚二十岁生日当晚，梦见了他出生时的情景。

经统计，男子正常死亡的年纪通常在三十到四十岁之间。男子通常记不清楚自己的准确岁数，往往通过人生的几个重大生理变化辅助记忆。第一次骂街，三岁左右。第一次勃起，硬到能肏屄，十三四岁。第一次想为某个女人死去，十八九岁。很少有男人活到阳痿不能肏屄。活到阳痿的男子,按照习俗,带三天的粮食,被赶进无人的野山，死活赖着不走的，被活埋。从这些生理变化来看，无论怎么计算，二十岁左右的男子都是社会的中坚了。

贞亚梦见他在母体里一直奔跑，很热，但是没有汗流出来，周围全是汁液。忽然他的头顶感到一丝凉风，他的眼睛在黑暗中看到一丝光亮，他的头拼命带着身体往光亮的凉风处奔跑，越跑越紧，越跑后面的推力越小，越跑越没力气，光亮的凉风似乎马上到了，又似乎遥不可及。母体里的汁水掺了越来越多的血水，贞亚的脑袋顶到了母体的耻骨。一次、两次、三次，撞击，骨头碰骨头的疼痛，叫喊，叫喊，忽然裂开，全是血水。贞亚在光亮的凉风里，没哭，一个妇人用刚刚火燎过的小石刀割开贞亚和母体之间的脐带,没哭。更多的人涌向母体,母体不动,几个人哭泣,几个人站立。拿石刀的妇人摸贞亚的头，再摸，贞亚听到她说:“遇上鬼了，这个小王八蛋这么大的脑袋，而且囟门是闭合的。你这个小王八蛋撑垮了你妈的骨盆，你妈被你活活撑死了。”

四

贞亚失去了良好的睡眠之后，也很快失去了看到未来的能力。

贞亚说：“我没力气了。”

贞亚多用了些罂粟，尝试进入迷幻状态，耳边呼啸，身体轻软，但是越跑越紧，总是冲不开最后的云雾，仿佛一支箭，逐渐减速，在距离猎物心脏咫尺之外，隔着皮毛，垂转箭头，颓然落到地面。

盘庚说：“再试试，怎么说不行就不行了呢？”

贞亚说：“不用试了，我需要睡眠给我的力气。不行了就不行了，没有道理，就像我行的时候很行，没有道理，你另外找一个大宗伯吧。”

五

盘庚尝试了各种办法让贞亚恢复睡眠。盘庚为贞亚开放了自己一个人的迷幻草药园，建议他在睡前缓步于园，各种叶子的气味会慢慢缠绕他的身子，他困了就随地躺下，有人会在他睡熟后盖上兽皮。盘庚还建议贞亚也可以尝试睡前剧烈运动，累到躺倒就能打鼾。

贞亚说 ：“王，巫师练习的就是驾驭自己，你的方法都是给常人的。”

盘庚说 ：“你现在看不到未来，就是常人。”

贞亚说 ：“巫师看不到未来，也不是常人，比常人还惨，是废人。”

盘庚给贞亚送来几个形状美好的女人，不洗澡都香，不洗脸都好看 ：“这个你必须试，废人也是人，在她们身上耗干力气，你或许就能睡好了，然后就又能看清未来了。”

六

小星是这些形状美好的女人中最不爱笑的。小星根本不笑，根本听不见，从不说话。贞亚想，小星不笑，都是这些形状美好的女人中最好看的，笑了之后，会是什么样子呢？不说话比乱叫床好，安静的更有助于治疗失眠。

贞亚插她的时候，小星只给他两个姿势选择，屁股冲着他或者背冲着他，不给他正脸。贞亚不介意，耗尽力气就好，抓过来，扒开，插，不说话，插完了尝试着睡去，不说话。

贞亚尝试睡眠的时候，小星总躺在贞亚的左边，背冲贞亚。小星头发散开，蔓延过肩胛骨下沿儿，长长地伸展到腰部最窄的地方，发梢随着重力滑到身体和兽皮的交界。贞亚伸左手抓住小星的头发，从腰部梳拢到后脑勺的发根，把散在后脑勺另一侧的头发也收拢来，尽量多地攥在手掌里。手掌被滑腻幼顺填满，感到很沉，腕子使劲儿，勉强支撑住小星头发的重量。贞亚脑子停止思考，渐渐进入迷幻状态，他没有看到未来的战争和地震。在迷幻状态里，贞亚全部身体尝试吸收左手掌中小星头发发出的信息，信息量远远大于贞亚身体的吸收能力，身体很快耗竭，信息进入的速度很快衰减，直到完全停滞，贞亚昏睡过去。

七

⊙梦里听到航行导师反复唠叨，长距离旅途中，轮流驾驶，轮到休息的那个人，就算睡着也要保持一定的警惕，特别是警惕正在驾驶的人睡倒。⊙一身冷汗，从梦中惊醒，发现¤已经在仪表盘前面昏睡了过去，飞船的舷窗里满是火花，⊙用通灵术最大能量地骂¤："肏你妈，这是第三次了，我最后还是被你害死了！¤，你从小就是怪胎，鸡巴和脑袋比我们正常的阿尔法星球人都大，让你开飞机，你摸鸡鸡，累了吧？困了吧？我和你都死尿了吧？

肏你妈！”再下一个瞬间，⊙听到了飞船和湖水撞击的巨大声音，身体溶解在湖水里。

贞亚在昏睡中看到父亲武正站在湖边的浅水里从背后肏他妈，马上要射了，一脸狰狞，忽然爆炸激起的巨大水柱在这一瞬间把这两个肏在一起的人拍出去百丈远，和⊙、和¤混合在一起。

八

每次梦到爆炸之后，贞亚梦到沉入湖底，湖底的水草很高，根根直立，滑腻幼顺，随着水波摇摆。贞亚踮着脚尖，在湖底走，水草的高度刚没贞亚的阴囊，随着水波摇摆着晃荡贞亚的阴囊。

贞亚在梦里拨开小星头发一样的水草，水草下面是大小不一的洞穴，如毛孔，如阴户，如口唇，如酒罐，如山洞。在以前的占卜工作中，很多迷幻状态里也充满类似的洞穴。

每个洞穴里都有龟甲和牛肩胛骨，每块龟甲和牛肩胛骨上都刻着图案，和阿尔法星上的文字不同，但是体系非常接近，贞亚读得懂每一个字。

大致三分之一的龟骨和牛肩胛骨上刻的是诗歌、哲学、伦理学等内容，贞亚似乎很早就在哪里背诵过。文字中体现的美和真理，贞亚都认同。另外三分之一描述的是器物的生产和使用，详细到从原料选取一直到最后的包装，贞亚似乎很早就被反复教导，甚至曾经自己动手做过一些。最后三分之一涉及群体傻屄的构成和弱点利用、宗教的基本设计原理和推广方式、国家的构架和维护等，贞亚似乎从来没有见过。

水草下面的洞穴多到数不清，传递出和小星头发一样巨大而复杂的信息，信息量远远大于贞亚身体的吸收能力，身体很快耗竭，信息进入的速度很快衰减，直到完全停滞。贞亚从昏睡中醒来，小星还是后背冲着他，左手掌里的头发已经全部散落，水草一样黑黑地铺满他和小星的身体。

九

七个晚上，贞亚连续抓着小星的头发，连续七次进入昏睡状态，每次醒来，贞亚的身体减小一圈，每次醒来，盘庚找来记性最好的年轻占卜师，倾听并记录贞亚发出的所有语言、声音和动作。

其中最重要的包括：

插大长骨针于日光下，通过影子长短和位置记录一天之内的时间。

闰年和闰月的处理。

用粟米酿酒。

生产青铜和塑造武器。

黄河的治理方案。

城市下水道的体系建设。

人体穴位和疾病的治疗。

弓箭的改进。

战马的饲养。

战车的改进。

占卜师的培养。

乐器制造。

玉石的矿产分布。

这七天里，盘庚几乎没睡，一边听人复述贞亚的描述，一边自己念叨："如果这些都知道了，我还需要知道什么未来？我就是未来。"

七个晚上之后，贞亚的身体已经变得很小，比小星的身体还小，贞亚开始神志不清，说话的意思逐渐不可辨别。贞亚抓过堆在周围的龟甲和牛肩胛骨，快速而纤细地刻画。困意渐生，贞亚拿小星装饰头发的长骨簪插入身体，没有一滴血流出来。贞亚示意周围的人快去多拿一些龟甲、牛肩胛骨和骨簪，他继续快速而纤细地刻画，困意袭击，就插一根、再插一根骨簪支撑。

十

公元2009年7月，在安阳侯家庄西北岗挖到一具尸骨，头顶和胸前有玉饰，尸骨蜷缩成“C”形，全身插满七百七十一根骨簪，从后背脊柱直插到胸腹前，留在脊柱外侧的骨簪头上嵌满绿松石，有些松石脱落，散布在周围。尸骨、骨簪和泥土结合得过分紧密，挖掘人员只能整体切割，切开一个两米长、一米五宽、两米高的立体土块，用吊机吊上卡车，运到营地。

插到第五百根骨簪的时候，贞亚用通灵术告诉小星这些文字的基本知识，如何象形、表音，如何主谓宾，如何赋比兴，希望小星好在之后的岁月慢慢解读文字指示的内容。贞亚无法判断小星是否接收到这些信息，只能反复叮嘱小星，这些文字基本涉及：祭祀、战争、田猎、王的出游、卜日、卜地、气象、建筑、收成、疾病、生死、生育、梦幻。还有一些是诗歌，一共三百首，其中一多半涉及男女，贞亚刻画的时候，想到的都是小星。

插到第七百七十一根骨簪，贞亚在失去意识之前，最后看到⊙和¤第一次星际旅行返航归来，阿尔法星的地面已经在眼前，⊙用通灵术最大能量地骂¤：“傻屄，往左开！往左开！”¤一脸兴奋，坚定地往右开去，准确地撞到了跑道旁边的小山。

麻将

一 公元2009年

商淑下定决心，要尽快把自己嫁出去，坚决不做剩女。

“就算伏低做小，我也要嫁入豪门。”我带的咨询项目小组一起吃晚饭，商淑恶狠狠地咬了一筷子肥瘦均匀的顺德叉烧，毅然决然地说道。

“豪门如何定义啊？”刚加入公司的布有德认真地问。布有德刚刚被我教育过，做管理咨询这一行，对于任何数据，先要搞清定义，否则毫无意义。比如港口吞吐量下降，要搞清是同比还是环比，含不含集装箱，再比如才女，会吹口琴、下个跳棋、写庞中华体的毛笔字、泡个不会背唐诗的作家，不能算。

“富到想吃一个冰激凌就吃一个冰激凌，想买三斤上好的荔枝就买三斤上好的荔枝，看上一条裙子，三种颜色，每样买一条，钱包不觉得疼。”商淑又恶狠狠地嚼了一勺叉烧底下垫着的水煮花生，“叉烧的味道都渗进花生里了，好好吃哦。”

商淑其实年纪不大，中期“80后”，大家都说不用着急，可以先耍几年。轻狂趁少年，泡各类帅哥，负担轻，身上痒痒的地方，都趁早蹭了，心里的各种皱褶，都趁早熨平了。“裸奔、野合、3P、江户四十八手。”项目经理董无双喝了口雪花啤酒，遥望远方的海，海风吹，海浪涌，想起自己少小时代看到的日本AV，想起北条香理、工藤静香美、苍井空、川滨奈美、堤莎也加、町田梨乃、二阶堂仁美、饭岛爱、饭田夏帆、饭冢友子、芳本叶月、冈崎结由、冈田丽奈、高木萌美、高田礼子、高原流美、宫本真美、宫岛司古都光、光月夜也、宫泽理惠、河村亚季子、河井梨绪、黑崎扇菜、红月流奈、华歌恋、吉川萌、及川奈央、吉川真奈美、吉崎纱南、吉野莎莉、今井明日香、今木翔子、金泽蓝子、进藤玲菜、井上可奈、久保美希、酒井未希、臼井利奈、菊池丽香、菊池英里、菊池智子、橘真央、具志坚阳子、可爱亚织沙、葵小夏、蓝山南、兰望美、里见奈奈子、里美奈奈子、里美由梨香、立花丽华、立木爱、凉白舞、铃川玲理、铃江纹奈、铃木麻奈美、芦屋瞳、麻川美绪、麻生叶子、美里霞、美崎凉香、美雪沙织、美月莲、明日香、木谷麻耶、奈奈见沙织、内藤花苗、内田理沙、鲇川亚美、片濑亚纪、平山朝香、前原优树、前原佑子、浅见伽椰、浅井理、青木琳、青木玲、青野诗织、青羽未来、青沼知朝、秋本玲子、秋菜里子、秋元优奈、如月可怜、若林树里，想到自己没有实现的理想或许可以由后辈的实践间接实现，董无双提示商淑说。

“我着急。”商淑说，“我的理想不是做麦当娜，不是做希拉里，不是做龚如心，不是做林巧稚，我的理想是相夫教子，无疾而死，找个我喜欢的男生，我玩他的手指，他玩我的手指，天天腻在一起。在当今中国的残酷世界里，A 男娶 B 女，B 男娶 C 女，C 男娶 D 女，A 女一不留神就成了剩女，只能做 A 男的情人，或者 B 男的红颜知己，或者 C 男的人生导师，或者 D 男的女神，我不要。我认可这个魔咒，我们的专业是帮客户制定战略的，战略最重要的是时机，时机之窗对于我并不大。去美国念个书，然后事业心按捺不住，手痒痒，埋头仔细做几个项目，稍微一晃，就过三十，就是剩女了。”

商淑基本可以定义为 A 女。

先是小镇传奇，在异族繁盛的西南边陲，汉语优秀，算数精准，未成年考入清华。再是清华系花，虽然三选一，但是萝卜也是菜，毕竟是拔得头牌。没上研究生，本科刚毕业，直接进入最好的咨询公司，做分析员，三年下来，参与制定的大集团战略，比清华经管学院的白胡子导师一辈子真正参与的都多。用 Excel，和过去的账房先生用算盘一样灵巧。做 PPT，比六七十年代的大字报更精准贴切。三年之中，还去了欧洲一年做项目，在西班牙写过日记，在希腊摘过迎春花。再向未来张望，商淑做完手上这个北方港口的战略规划项目，就要辞别边陲的父母，去哈佛商学院念书了。

虽然是清华女生，但是商淑也写博客，也背唐诗，也拍照片，也见花望月。虽然个子不算高挑，但是面容姣好，比例合适，凹凸有致。在绝经之前，不施粉黛，穿童装，永远能激发萝莉控，如果在欧美，即使再老，去酒吧，都会被要求出示身份证明，证明已经成年。

更难得的是商淑性格好，乐观积极。上清华的时候，送友谊宿舍的男生每人一个抱枕。项目开始之后，每天早上给大家熬泰国香米粥。战略规划阶段成果汇报的时候，项目小组上午讲解演示，下午，客户请来的十来个外部专家点评。也不知道客户从哪里淘来这么多不靠谱的老头老太太，除了常识没有，脑子里什么干的、湿的、圆的、方的破烂都有，从妈祖到李嘉诚、从解放中国台湾到金融风暴、从自给自足丰衣足食到跨国并购，最烂的一个老烂仔竟然把自己的论文当众念了三十分钟。服务员一直在给我的茶杯补水，我一直带着微笑听着，五个小时之后，我的脸部肌肉定型，笑容可以直接从我脸上扒下来挂在墙上。全部专家发言之后，我被邀请作出回应：“听了各位专家的点评，我们觉得非常有深度，非常有广度，非常有激情，对我们之后的工作非常有指导作用。”其实，我心里默默引用的是我老妈被我老爸气疯了之后常说的一句话：“我怎么想也想不明白，为什么过了一辈子，你还是个老傻屄？”在那个漫长的下午，商淑一直自然地微笑，我发短信给她，夸她性格好，她回了个短信：“改革开放三十年，这些老头老太太一直战斗在领导岗位上，我们伟大的祖国还能如此高速发展。之后，这些老头老太太都死了，我们伟大的祖国该多么美好啊。这么想着，我就由衷地微笑了。”

在清华，雌银杏树和电脑母板都有人怜爱，作为系花的商淑当然长满恋情，其中多数的枝干是和一个青梅竹马的高中同学，一起金童玉女地坐火车来到清华，一起金童玉女地在清华园溜达，一起金童玉女地毕业。男友去了美国，一分三年。

商淑说：“我今天和他分手了。”

布有德问：“为什么啊？”

商淑说：“长距离恋爱没有结果，不能总是执手相看，一定有问题，爱情就在朝朝暮暮。”

布有德问：“你不是马上就去美国了吗？不就团聚了吗？”

商淑说：“但是没有结果的这种结论已经形成了。”

布有德问：“为什么呢？这种结果的成因已经要不存在了啊。”

商淑说：“好吧，好吧，我看上别人了，我觉得我的青梅竹马太小了，心理年龄太小了，不成熟。”

布有德说："早说嘛，现在，这个故事就有逻辑了。"

"独立思考，布有德有成为一个好分析员的潜质。"董无双说。

项目上另外一个资深分析员冯牡丹替布有德总结："做访谈的时候，需要动动脑子，多问几个为什么，不要怕出丑。出丑总比回去之后写不出文件来要好。"

我问商淑："你容易看上别人吗？"

商淑说："可容易了。"

我接着问："那怎么办呢？如何表白呢？"

商淑说："不表白。多数野花，开了，自己就慢慢败了。"

冯牡丹接着问："不败的呢？也不表白？"

商淑说："打死也不说，我死等。再说，其实我现在看上的这个也不在身边。我们这样干管理咨询的，除了电脑和内裤在身边，什么都不在身边。其实，通过我新欢，我只是发现，我不能和我前男友再糊弄下去。"

之后，商淑的前男友就开始越洋快递给商淑鲜花，最多隔三天就有新的，每次都变些品种或者造型。"和我小时候生病之后，我爸妈就给我买好吃的零食吃一样。"商淑说。冯牡丹买了花瓶，项目小组办公室就天天有鲜花看了。取决于当天客户对小组的态度，小组有时候劝商淑和前男友复合，有时候劝和现在的暗恋对象表白，基本上是毫无原则，唯恐不乱。过了七八周，连续四天，没有花了，董无双说，作为金融危机的真正第二波，估计美国信用卡危机爆发了。商淑说："我昨天和我新欢表白了，人家没理我，好失败啊。"

我们一起问："怎么表白的啊？"

商淑说："我发了一个邮件。"

我们一起接着问："写了什么？"

商淑说："我说昨天很忙，挺累，但是PS（注：problem solving，问题解决/头脑风暴）会之后，关键问题想通了，有些爽。人家一直没回信，我每十分钟查一次我邮箱，查了一天，好失败啊。"

我们一致认定，第一，商淑的新心头所好很可能是我们咨询公司内部人员，因为她在电邮里使用了PS等我们咨询公司的内部黑话；第二，商淑有严重的情爱表达障碍；第三，鉴于商淑的疾患程度，小组决定牺牲已经很少的睡眠时间，帮助商淑制定制胜战略，在美国两年，打破魔咒，嫁给A男。否则，去哈佛念两年书，一定是一无所获。

布有德又一次表现出优秀新人的学习能力："战略使命已经明确了，在哈佛两年，嫁给A男。之后，第一步是界定潜在目标市场，哪些A男是有希望嫁的，并进行市场细分，这些A男，可以再细分为哪几个品种。第二步是优选目标市场，哪些A男的细分品种是首要目标。可以根据两个维度判定，一个维度是A男细分品种的吸引力，咱们可以借助我国古典智慧，据明朝的王婆总结，极品男人的标准有五个字：潘、驴、邓、小、闲，貌如潘安，壮如驴，富比邓通，伏低做小，有闲陪你。另一个维度是商淑针对这些A男细分品种的竞争力，我们一起议议，商淑对于这些不同细分的A男，杀伤力有什么差异。第三步是对于第二步优选出来的A男，制定详尽的战略举措和实施步骤。第四步是估算财务投入和财务回报并评估可能的主要风险。”

董无双说：“咱们还是把正经工作和公益事业分开吧，不要这么严谨，直接进入第三步，头脑风暴，为商淑想一些差异性的战略举措。”

冯牡丹开始头脑风暴：“商淑可以装清纯，装可爱，装到被A男认定为B女为止，可以借鉴日本的Kawaii。一定要装得像，一定要露出惊讶和崇敬的表情配合音调：‘真的啊，你会用鼠标耶！超赞！’‘真的啊，你的脑子好清晰啊！我为什么想了这么久都没有找到思路呢？’‘真的啊，你的好大啊！你一定引发过很多敬畏的尖叫吧？’等等。”

董无双说：“必须要跳出俗套，扩大可得A男的范围。比如把已婚但是婚姻不幸福的加进来，你说，婚姻哪有幸福的，是吧？又比如，打破年龄限制，思想解放些，男的比商淑小五岁，不算小，小十岁，刚刚好。或者大十五岁，也刚刚好。再比如，打破种族界限。黑人都当总统了，我们商淑怎么就不能找个穆斯林兄弟呢？”

一个小时之后，商淑在绝望中，看着小组达成了共识，杀手级战略举措是商淑去哈佛商学院之后，租个大些的公寓，开个麻将馆。学习本来就无聊，何况是商学院，在美国本来就寂寞，何况是波士顿。具体实施是，商淑上学之后，先观察一个月，在无聊寂寞的男生中，找出四五个让她心里怦怦动或者至少让她看着顺眼的，发出邀约，周末去她那里打思乡和谐爱国麻将。

商淑说："我不会打麻将啊？"

冯牡丹说："战略举措的关键不是让你自己打，关键是你要在周围观察，你要对他们做出优异表现。打麻将的时候，最容易看出男生人品，比如对于得失的把握，对于命运的态度，脑子好不好使，有没有幽默感和气度，有没有体力，到后半夜是否还能挺住，总之，仁、义、智、勇、洁，都能看出来。你呢，要适当做出表现，比如打了三四圈麻将，你切盘水果啊，端四五小碗冰激凌啊，快到吃饭的时候，你让他们不要停，你去做饭，让他们闻到饭菜香味儿，等他们自己决定要吃的时候，千万不要催，再开饭，快到后半夜的时候，再补一顿夜宵，小虾米皮紫菜馄饨啊，黑芝麻汤圆什么的。"

董无双说："但是你得会打麻将，虽然，坚决不打。这样，你夸那些男生就能夸到点子上，他们闪都没处闪。我们给你电脑上装个脱衣麻将程序，你抓紧练习并且感受气氛。还有，你可以进一步发挥你女性感性的一面，去买一副麻将，先苦练摸牌识牌的本事。你想想，一个 A 男要和一把大牌，很紧张，摸了三圈，都没摸到，说要借你手气，你伸手一摸，看都不看，说，七条，和了，清一色，双杠开花，牛屄大了。那个 A 男，当时心里没有野猪乱撞才怪。”

布有德说：“再最后总结一下，你要调整一下你的课程。少修一些金融啊，会计啊，商法什么的，强攻厨艺，最好主攻中餐，兼修西餐。还可以学学外围相关的学科，比如插花，比如中医针灸。在异乡生病的时候，想来心灵最柔软。”

“如果连续十周，没有一个男生爱上你，我负责帮你解决一个好工作，保证你富到想吃一个冰激凌就吃一个冰激凌，想买三斤上好的荔枝就买三斤上好的荔枝。”我许诺说。

二 公元 2012 年

商淑毕业的时候，也没嫁给 A 男，也没找我解决工作。听说常去圣女麻将馆的四个男生都有了名头，赵东风、钱青龙、孙小对、李不靠。

商淑和这四个人的各种故事有各种版本，人生、凶杀、色情都有。我问商淑，真实的版本是什么啊？商淑说，打死也不说。

大家都知道的事实是，商淑毕业之后，和赵东风和李不靠一起创办了东南西北棋牌乐，先从北京和上海开始，和街道居委会组成战略联盟，很快构建了中国最大的棋牌乐连锁店。不到半年，经营现金流开始为正，不到一年，息税摊销前利润开始为正，第一笔融资，一个叫也士的私募股权公司出了五千万美元，买了百分之二十的股权。

三 公元 2030 年

夏天，哈佛校园里来了一个长得小巧的中国女生，虽然个子不算高挑，但是面容姣好，比例合适，凹凸有致，激发萝莉控，看上去像来夏令营参观的中学生。但是她也不照相，也不摸哈佛校园里那个著名铜像的脚，她到处打听："您知道圣女麻将馆是这栋公寓楼的哪间房子吗？您记得那张麻将桌去哪里了吗？"

关于商小双的身世有各种版本，人生、凶杀、色情都有。商小双问商淑，真实的版本是什么啊？商淑说，打死也不说。大家都知道的事实是，商小双的血亲父亲在怀商小双的那个夜晚和了一把豪华七小对，但是那个秋天至少和了五十次七小对和十次豪华七小对，并且赵东风、钱青龙、孙小对、李不靠四个人都和过。

二十年过去了，那张麻将桌竟然还在公寓楼的储藏室里，商小双掸了掸灰，看到了桌子边缘上刻着一只浅浅的幺鸡。一个大家都不知道的事实是，商小双的血亲父亲在和牌的狂喜之后、在怀商小双之前，用指甲在桌面上刻画出来一只昂首挺立的幺鸡。

商小双从双肩背包里拿出一张白纸，对照了一下。白纸上面潦草地画了四只幺鸡，每只幺鸡下面分别标注着：赵东风笔迹、钱青龙笔迹、孙小对笔迹、李不靠笔迹。

廊坊有个秦始皇

一

云茂第一次坐飞机的时候被分配到一个靠走廊的座位，他费了很多口舌和一块紫檀斋戒腰牌才和靠窗的人调换了座位。原来靠窗的人是个胖子，一边扭动身体换座位，一边说："你说你这个人，我让你就让你了，你还说你这块破木头是什么宝贝，什么乾隆工，什么造办处。北方人，没见过你这么不实在的。"

云茂没答理他，飞机起飞，透过舷窗，云茂第一次看到了码在燕山山脊上的长城，上上下下，左左右右，小男孩儿玩具似的。

"和从廊坊老家街道上看，就是不一样，秦始皇都没从这个角度见过长城。”云茂想。

二

镇上的算命先生说，云茂命里五行缺木，云茂打小喜欢草木。镇上没啥可看的，翻来覆去就那么几只狗、几张人脸，隔个把月有个把寡妇好看一阵儿，发髻儿梳得紧滑滑的，苍蝇落上去，下不去腿，六只脚死活扒不稳，滑倒，吃口头油，飞走。但是这些寡妇知道自己好看，每走一步都觉得四面八方都有人看着她，常常路都不会走了。所以云茂无所事事的时候，不看人，就看草木。

看多了，云茂观察到很多草木的细节和变化。村上槐树多，聚聚成林，暮春开白花儿和紫花儿，先落下来的盖住浮土，再落下来的盖住先落下来的，积多了能有半寸厚，踩上去像是踩在雪地上，不同的是，踩上去，仔细闻，有雪没有的草木香。云茂坐在槐树花儿铺的地上，地气暖暖的，熏得肛门口的外痔慢慢收拢，不那么痛了。云茂想，草木百态，每种草木都好看，人也百态，但是为什么绝不是每个人都好看呢？草木也生老病死，人也是，但是为什么人这么舍不得呢？北方的树为什么硬木少呢？树木怎么不能像二踢脚一样长飞了，脱离地面，飞到空中，飞得比山还高，高过山上的长城，全部根系像被挖出来的人参一样，裸露在空气里呢？

一只脚四十五度角向上踹起云茂的屁股，接着又补了一脚，槐树花和尘土一起飞扬，云茂爹喘着粗气说："你撅完鸡巴你打手铳，你打完了手铳还想黛玉葬花啊？猪该喂了，肏你妈。"

三

村里划家庭成分，户主都聚到大队部。划成分用的时间不长，每家就这点儿家当，又非常透明，你家杀了只鸡，炖了，啃了，鸡骨头扔在门口，所有街坊一个月内都在念叨你家吃了整整一只鸡。云茂家从来没吃过整整一只鸡，第一个被划成贫农，云茂爹觉得非常光荣，但是后来发现很多家都被划成了贫农，他觉得还不足够光荣，赖在会场不走，和其他人比谁更穷。

"我家只有一口锅。"

"我家的一口锅是漏的，所以我家没锅。"

"我家五个孩子，没一个过十岁的。"

"我家七个孩子，没一个过十岁的。原来十七个，只有这七个活下来了。"

"我家一个人只有一条像样的裤子，一年四季，一年到头，洗了就只能在炕上待着，因为没得换。"

"我家九个人，七个小孩儿，俩大人，只有一条像样的裤子，一个人出门，另外八个人只能在炕上待着，因为没得穿。”

云茂娘听到，从屋里的炕上向会场喊："云茂他爹，你个老不要脸的，赶快回来，裤子给我，我要回娘家。”

云茂是这七个孩子里的老大，他在十岁的时候，有了第一条自己的裤子，他想上学。

云茂爹说："上学一个月要两块钱，还吃不吃饭？每月哪里找这两块钱去？”

云茂说："我想上学，我不吃饭。”

云茂爹说："不吃饭可以，每月哪里找这两块钱去？”

云茂说："我叔、我姑都在铁道上工作，我求他们了，他们每月能出些钱。”

云茂爹说："你去读书了，你弟弟妹妹们就没书读了，你就这一个叔，就这一个姑，不能老向人家借钱。借那么多钱，拿什么还？”

云茂说："我去读书，我不吃饭，弟弟妹妹们吃饭。”

四

高中毕业之后，云茂成了整个大队里学问最大的人，到大队部当了会计。

一个大队的账不多，闲的时候，云茂还去那片槐树林。闲的时候很多，槐树林旁边有条河流过，河里有鱼，多为鲫鱼。云茂常常去钓鱼，在鱼不上钩的时候，打盹。河对面是另外一个村子，他们比云茂的村子富裕，他们有自留地，每户零点二五厘，种高粱米。尽管鱼比高粱米好吃，但是鱼毕竟不是粮食，有鱼不如有高粱米。

大队长家生了双胞胎，俩儿子，大队长老婆本来乳房就小，奶就少，两个儿子吃，奶就更不够。大队长老婆对云茂说："本来你们大队长还想尝尝人奶啥味儿，这下，彻底瞎屄了。每回这俩崽子饿了，看着我哭，我就想掐死他们然后跳河。这俩讨命鬼嘬死我了，把我奶头都快嘬掉了。"

云茂红了脸，不听奶头到底被嘬成啥样儿了。去河边钓鱼，晚上去城里卖了一天钓的鱼给刚开始出现的个体餐馆，第二天一早买了奶粉，两块七一袋，回村随便睡到过了中午，扒拉了一口饭，到了大队部。

大队长说："我日你妈，你才来，都几点啦？"

云茂说："奶粉，给你儿子的。你俩儿子被喂饱了之后，没准你也能尝口人奶味儿。"

五

云茂钓了一年鱼。晚上钓鱼、卖鱼，上午睡觉，下午去大队部管理账本。每天上午，大队长逢人就说，云茂今天上午出去替大队办事儿去了。后来，每天下午和晚上也说，遇上人就说，云茂今天上午出去替大队办事儿去了。

一年之后，云茂觉得不能再当钓鱼会计了。

卖鱼买奶粉之后，还能剩下点钱，云茂都交给了他爹。交了大半年，云茂和他爹说："供我上高中上对了吧？我现在把钱都还上了。"云茂爹说："你妈住院，你弟弟妹妹看病，我们现在一共还欠人家三百块。"云茂脑袋大了,三百块啊,再钓十年鱼也还不上啊。

大队长的俩儿子周岁了，和村里其他一岁的小崽子比，个头大出一大块儿。断奶之后，大队长的女人遇到云茂，还是老说："我老是梦见，俩崽子饿了，往死里嘬我，把我奶头都快嘬掉了。我被吓醒，摸摸，奶头还在，但是一身冷汗。"大队长看云茂的眼神儿也开始不对，一次鱼卖多了，云茂给大队长买了瓶迎春酒，是酱香型的，廊坊茅台。大队长拉着云茂一起喝，喝大了，眼睛晶亮，问云茂，我女人一奶大一奶小，左奶大右奶小，你咋知道的？人奶啥味儿啊，你倒是说说？

六

"你来干吗？"云茂的二舅问。

“我想买两包恒大烟，我想让你批个条子。”云茂答。

“恒大烟？很贵的，四毛四分钱一包，你小子有钱吗？”二舅接着问。

“有。”云茂接着答。

“你不抽烟啊，你只是游手好闲，听点流氓歌曲，但是你不抽烟啊，你要烟干吗？”

“我不想当大队会计了，我想去县里学收古董。上次替大队去县里干事儿，我看到县文物站里的老师傅收送上来的古董，听说他们之后送到北京和天津去。老师傅点的票子都是十块、十块的！我家欠人钱，好多钱，太多钱了，我当大队会计，三辈子都还不上，我想学收文物。我给老师傅敬好烟，老师傅应该就教我了。”

老师傅根本没让云茂进文物站的门。云茂递了一棵恒大烟，老师傅接过来，抽了，云茂又递了一棵，老师傅又接过来抽了，还是不让他进门。云茂去隔壁买了一张烙饼，坐在文物站门口的台阶上，吃饱。有箱子和家具要搬，云茂就帮着搬。自行车链子掉了，云茂就帮着装上。老师傅闲下来，坐在台阶上下象棋，云茂就支支招儿，帮老师傅赢几盘。老师傅出门，他走到哪儿，云茂就跟到哪儿，老师傅去合作社买牙膏，云茂就看着老师傅掏钱包。老师傅扭头看看街上的寡妇，云茂就冲寡妇笑笑。老师傅去厕所，云茂也去厕所，老师傅撒尿，云茂也撒尿，老师傅抖一抖鸡鸡，云茂也抖一抖鸡鸡。

老师傅说 :“肏你妈啊，你属鬼的啊，老跟着我干吗啊？别跟着我撒尿了，跟着我收东西吧，在一边儿，多看，多听，多琢磨为什么，别说话。”

七

云茂念书时形成一个习惯，觉得应该记下来的事儿，就找个本子记下来。

下面的文字摘抄自云茂的本子。

“收的第一个古董是个瓷枕头。白地，酱油色图案，花草。师傅说是磁州窑，宋朝的。我说您咋知道的，怎么不是元朝的、明朝的、清朝的、民国的、中华人民共和国的？师傅骂我，说，你怎么知道是马不是驴？你怎么知道是槐树不是柳树？你怎么知道你爹喜欢肏屄不是肏屁股？我听着，基本听明白了，又似乎没太明白。我非常清楚，这个瓷枕头让我挣了八十块钱，我钓鱼卖鱼一年，也剩不下这么多钱啊。十块钱一张的大票子，八张，每张都一样好看，都比一块的票子和一毛的票子好看很多。”

“连着三天，乡下没吃东西的地方，回去晚上十点多才吃上第一顿饭。”

“去了趟山东，被送进三趟公安局和边防站。沿海的每个村子都有边防员，见可疑的就当成台湾特务抓。我说我河北口音啊，别抓我啊。他们说，台湾特务最近专门学河北口音，方便混进伟大首都北京。我给他们看我的介绍信，天津文物商店的、北京友谊商店的，他们没见过，反问，怎么知道不是台湾伪造的？带到公安局和边防站，穿官衣儿的一看我的介绍信，说，嗨，你早拿出来不就没事儿了吗？就把我放了。其实，他们如果让我交代，我什么都会马上交代的。那电棍，不被打，看着都屁股痛。我第一次进去，听见旁边屋里惨叫，然后出来一个公安，他冲我笑笑，我当时就尿了。穿的是棉裤，外边看不出来，鸡鸡知道。我开始怀疑电影。电影里说的那些地下党，经受酷刑也不招供，能是真的吗？我要是被抓，一定受不了酷刑，让我看看刑具，我就招了。所以，我不能当地下党。自己和自己立下规矩，为了不进监狱，我不能碰第一手从墓里出来的东西，出土的不要，要传世的，传过几手的。”

“王大文雇了我们五个人，下去收古董家具，大小不论，一件给两百块。我看着人家从家里搬家具，一件、一件，我站在门口，腿一直在抖，怕人家说不卖了，最多的，从一家猪圈边上的棚子里搬出五对儿圈椅。第二次，我去他们家，和他聊，你们家怎么这么多东西？他说，都是破四旧的时候去城里收的。那时候便宜啊，带雕花的圈椅，一对儿五块钱，或者给点高粱米就换了。不卖？

留在城里是祸害。好家具啊，农村从来没有，别犯傻。只有城市里知识分子和当官的才搞这些东西，农村的地主有钱了，只知道买地。知识分子也可怜，热的时候不敢光膀子，冷的时候鸡巴生冻疮，坐个好硬木椅子，还被说是想复辟，怎么躲，躲不开被人肏。但是我喜欢他们，他们不一样，灵气，倔。”

“收过的好家具太多了。桌面全是烧的青花瓷，桌子边上全是满工的回文和夔龙。黄花梨美啊，全是瘿子鬼脸。”

“大队长退休了，非让他女人跟着我干，他自己不干，让他女人干，挣了钱给他买迎春酒喝。他女人说大队长退休之后，没事儿做，总打她，又讲起当初她奶头多难受的事儿。我告诉她，我不想听。如果她非要讲如何被打或者奶头如何难受，就别跟我干了。后来，去山西收瓷器、银器和金器，路上遇到查车的，大队长女人是能吃苦的，把值钱的使劲往胸里塞。我终于知道了，大队长女人真的一奶大一奶小，左奶大右奶小。她右边乳罩里掏出的银器和金器，比左边乳罩里掏出的多出很多。”

八

云茂挣的钱，一直攒着，没花。除了大队长，别人基本不知道。云茂告诫大队长，如果你敢说我在外边挣了大钱，我让你一辈子没有迎春酒喝。云茂想，钱攒大了，一起花，像河边的槐树花儿落满一地，半寸厚，一屁股坐上去。

云茂家的宅基地在村子的中心街。正月十六的晚上，云茂把装钞票的大编织袋子从地窖里掏出来，放在秤上称了称，死沉，数数，数不过来。月亮正圆，比路灯还大、还亮，云茂坐在装钞票的编织袋子上，静静地抽了两支烟。近几年，辣子吃多了，痔疮越来越痛，每到月圆，大便，鲜血直流。

云茂在老房子的后面起了一个二层小楼，花了五万八，外墙贴满瓷砖。瓷砖一块六毛钱，锃光瓦亮的，现任的村长、镇长、区长都来看，照相，喝茶。村长说，耀眼，下次来，得戴墨镜。云茂想在房子的前面盖个三层大楼，云茂爹说："你被钱烧的啊？燎了你屌毛了啊？我还想多活几年呢，咱们家盖了村里最高的楼，天塌下来就压死最高的。"云茂想起他常去的北京，在老房子的前面盖了一个两进的四合院。村里人没见过，说，云茂家造孽太多，钱太多没法花，所以修了个庙。云茂心里说，肏你妈。

剩下的钱，云茂买了两辆摩托车，本田 125，一辆一万四千块，全县只有三辆，云茂一个村儿就占两辆，云茂一个人就占两辆。

云茂的大伯拍着本田 125 的挡泥板，大声骂，你这个兔崽子，你快倒霉了，党就要来收拾你了！政府就要来收拾你了！党笑着就把你收拾了，政府笑着就把你收拾了，你信不信？

九

云茂在做了三十年古董家具后，眼睛花了，早年五毛钱买的一把明晚期黄花梨马扎拍卖了一百五十万，云茂决定洗手不干了。

云茂工作日记的最后一条如下：“现在大家都说富裕了，这不叫富裕，这叫上吃祖宗下吃子孙。”

村子里家家都盖了庙式的房子，墙上都贴瓷砖，公共厕所都贴。云茂拆了老房子后面的二层小楼，翻盖了四层楼，四层楼上面让工人拿旧砖垒成长城那样的箭垛子。入住的那一天，老大队长和他女人都来了，他们俩的俩崽子长大了，还是兴奋，在四层楼里上蹿下跳。云茂喝了半斤迎春酒。老大队长问，你干吗盖个长城？想防谁？党？政府？你想啥呢？云茂说，喝了酒，告诉你一句实话，你们挤对我缺德心虚盖庙，现在你们不是都盖庙了吗？你们盖庙，我就盖个长城，我就是秦始皇，你们还得管我叫爷，你们还是孙子，城里知识分子管这叫先发优势。

十

云茂洗手不干古董家具之后，干两件事儿。

第一，设计些自己用的木头物件，全部黄花梨、红木和鸡翅木。一个棋盘，一面是围棋盘，一面是象棋盘。一个茶桌，两把椅子，似明式，非明式，想起党和政府，云茂在茶桌侧面刻了两行字：饮水思源，云茂监制。一把云茂椅，可调节脚踏和椅背的角度，可坐、可卧，反身俯下扒住椅子扶手，可盛开后庭花。

第二，帮助一个瘦子实现他的一些设计。瘦子长得小，醉心于巨大之物。收购一千张老床，摆在一起，一千把老椅子，摆在一起，一千张门板，摆在一起。四吨重的黄花梨切成细条，用榫卯结构拼成立体祖国地图。四吨重的黄花梨做成五六十年代的公用格子书架，一颗钉子不用。云茂隐约体会到这个瘦子的原始才气，但是仍旧不能完全确定这个瘦子是在开天辟地还是在浪费木材。

云茂在这两件事儿上，第一次感受到创造的快乐。云茂在自己的木材加工厂里，闻到越南花梨木被锯子锯开的时候发出微酸的味道，想起槐树花初开的时候是微涩的。“别说秦始皇了，乾隆都没用过这样的红木配花梨的茶桌，也没坐过云茂椅。”云茂想。

云茂想起第一次坐飞机的时候。飞机在万米高空上平稳飞行，机舱舷窗外是浮云。旁边的胖子表情痛苦地小声问云茂：“我想出去，你说怎么办？我想尿尿，我想拉屎，但是我上公共茅房的，飞机上这窄屄茅房没人在我旁边，我尿不出来，拉不出来。屋子门如果一直关着，我憋得慌，我想出去，你说，怎么办？”

云茂回答身边的胖子说：“飞机有两个紧急出口，你和空姐商量商量，你或许可以出去透透气。出去之后，你一直往下掉，很快你就能看到长城。”

不叫

一

“叫爷。”

“不叫。”

“乖，叫爷。”

“就不叫。”

“乖宝贝，叫爷。”

“就是不叫。爷，吔吔吔吔吔。怎么着？”

小明和美玉并排坐在上海浦西一家酒店顶层靠窗的小桌子旁，桌子上一碟什锦坚果，一瓶喝完一半的2006年的Opus One

红酒。桌子外一条黄浦江，江上密集的游船，船顶上的霓虹灯打着各种大公司旗号。江外浦东密集的高楼，楼顶上的霓虹灯打着各种大公司的旗号。

小明和美玉挨得很近，但是身体并没有接触。小明右胳膊紧抱左胳膊，左腿紧搭右腿，扭头看身边的美玉，美玉双腿并齐，双手抓酒杯，头一动不动地看窗外。小明的眼睛距离美玉的头顶不过二十厘米，看不见美玉的眼睛，但是看得到美玉青白的头皮，头皮上齐齐长出的头发，头发如何分开、如何滑下、如何覆盖美玉的脸和肩膀、如何在遥远的霓虹灯变幻中细微地变幻光泽，黑夜从来不是黑色的，头发也从来不是黑色的。小明的鼻子比小明的眼睛距离美玉的头顶更近，小明的鼻子想埋进美玉的头发里，鼻尖贴着头皮，沿着头发的分界线划过，从百会穴附近一直滑到脑门，左眼的余光看左边的头发如何滑下，右眼的余光看右边的头发如何滑下，左右两边的发根儿在鼻尖划过中，反复拨撩小明的睫毛。

美玉头发的味道伴着美玉身体和衣服以及餐厅的味道闯进小明的鼻孔，抢夺小明的嗅觉神经，穿过筛骨筛板，直捣嗅球，弥散于整个大脑。小明的阳具在瞬间放大，他听见裤裆缝线的撕裂声音，还好，拉锁质量好，否则竹笋就从地里拱到桌面上来，打翻 Opus One。小明右胳膊更紧地抱左胳膊，左腿更紧地搭右腿，怕人飞起来，飞出窗外。

美玉扭过头，眼睛看着小明的眼睛，重复了一遍刚才说的话：

“就是不叫。爷，吔吔吔吔吔。怎么着？”

小明一时幻觉，头脑里闪过整个人类进化史。

一百六十万年前的小明和美玉并排坐在一棵柳树下，柳树之外是条二十步宽的小河，小河里有猛犸象嬉戏，小河之外是另外一棵柳树。

“叫爷。”

“不叫。”

“叫爷！”

“不叫！”

“叫爷！！”

“不叫！！”

有邪火从小明的踝骨蹿起，小明的阳具在瞬间比胳膊还大。

小明一句话不说，双手使蛮力压美玉陷进树干，下体进入美玉的身体，再进入，再进入。美玉的头发之外是柳树垂下来的枝条，枝条之外是小河，小河之外是另外一棵柳树的枝条。美玉身体后面的树干动摇，小明恶狠狠地发力，美玉的嘴在头发里叫：“不叫！！！啊！啊！啊！”

二

小明没给美玉讲他一时理解的人类进化史。

小明垂下眼睛，文明而缓慢地给美玉的酒杯中添了些红酒，换了一个话题，说：“你挺能喝的啊？”

“要看跟谁喝。和我看不上的人，我几乎不喝。”

“和对路的人喝，你最多能喝多少？”

“要看喝到什么程度。”

“你学理科的吧？好吧，我更精确些。你喝到隐约还有意识、能勉强支撑到家再吐的程度，要喝多少？”

“比你喝得多。”

“牛。”

“比你牛。”

“你对红酒懂多少？”

“很少。觉得像坏人的红酒就是好酒，像小坏蛋的就是挺好的红酒，像大坏蛋的就是超好的红酒。”

“你觉得这个2006年的Opus One如何？”

“距离小坏蛋还差点，有点小小坏水吧。”

“你直觉真好。我看了这么多的红酒书，喝了这么多瓶，听一堆似乎超懂红酒的资深红酒专家聊，总结起来，就是：不是一瓶酸水，不像醋的，就可以喝。有植物味儿的，什么果味儿啊、蘑菇味儿啊、松树味儿啊、巧克力味儿啊，就是不错的酒。有动物味儿的，什么皮革味儿啊、毛发味儿啊，就是非常好的酒。最好的红酒，就是有人味儿的红酒，一喝，一股内裤味儿，超级好酒。神级的酒，就是一会儿男生内裤味儿，一会儿女生内裤味儿。就算我这样简单的总结，也不如你的直觉简洁有力。”

“我瞎说的。”

“你牛的。瞎说都牛，再有理论基础，得多牛啊。”

“我从小学习好。”

“我也从小学习好。”

“我从小学习更好，比你好。”

“我湖北黄冈中学的。”

“我北京四中的。”

“嗯，‘我不是流氓，我是四中的’，全国人民都知道四中是什么，全国最好的学生都在四中。Opus One 是在美国 Napa 的大酒庄用新世界的葡萄、旧世界的方式酿的，神似旧世界酒，一恍惚又有新世界水果炸弹的影子。但是这瓶2006年的似乎还没绽开，总是包着的感觉，一个第一次见面的女生的感觉。或许喝得太早了，要多等几年。”

“哼哼,初相见,你有几个初相见啊？早不早这瓶也快喝没了。”

“已经没了。”

“我还没喝够呢，才开始喝。”

“好，我们再分一瓶酒。”

小明又要了一瓶酒，在分这瓶酒的过程中，和美玉聊到为什么人类喜欢水景房，为什么水景房就要比普通房子贵出那么多，聊到四中和黄冈中学的著名毕业生都有哪些，谁牛屄，谁傻屄，谁最牛屄，谁最傻屄。

第二瓶喝空的时候，美玉说："我还没喝够呢，我们再分一瓶吧。"

小明说："不行了，你醉了。"

美玉说："好，你不给我喝酒。好，我醉了，你不许跟我回房间，我不想你看到我醉后的模样，我不想你听到我醉后说出的蠢话。你如果还想再见到我，你不许动，你坐在这里，我结账，我回去了。"

美玉拄着隐约的意识回到房间，找到厕所，跪在马桶前，一手拢头发，一手支撑马桶边缘，头探进马桶，一小口、一小口地吐，每口都吐在马桶水面中映出的自己的脸上。"什么酒吐出来都是酸水，都是醋味儿，什么小坏蛋，什么大坏蛋，都是蛋，操蛋。"

美玉睡着后梦见小河和树木，一个男人面目不清，一些女人比树木繁盛。美玉看见那个男人的眼睛，叫出句梦话："爷。"

三

小明从小热爱生物，大学学的也是生物。小明从小爱问为什么，多数为什么和生物相关：为什么只有人有房子住？为什么"肏你妈"是句骂人话？

小明的父母都是中学教师，小明问这些问题的时候，他们通常置之不理。被问急眼了，小明的妈妈就给小明量体温，小明的爸爸就让小明去楼下的花园散散步、看看星空，“康德类似的毛病就是这么被治好的，治疗的过程中康德还写了很多哲学书”。小明报志愿的时候填了一水儿的生物系，小明的班主任私下对小明的父母说：“小明好奇的只是肏，他不该去学生物，他应该去学农，毕业了给种猪配种。”

小明热爱人类，特别是人类中的妇女和自己，小明想研究长生不老、如何保持一颗童心、人如何长出翅膀、如何无痛人工流产和圆寂成佛等重大问题，国内没有研究气候和研究条件。小明大学毕业后直接去了美国，美国也没人研究这类重大问题，小明在斯坦福研究了七年鞭毛微管蛋白结构。小明的父母向别人介绍小明的研究方向，常常被错听成小明在美国研究阴毛尿管结构，一研究就是七年，父母辩解，也说不清鞭毛和阴毛的区别。

小明毕业后加入了硅谷一家生物技术公司。这家公司在上市招股书上描述，正在研究长生不老、情商增强和无痛圆寂相关的药物，已经通过了毒理试验，开始动物实验，初期动物实验的结果令人振奋。长生不老化合物注射之后，小老鼠肌肉硬朗、活动旺盛、肏屄不止，呈现明确统计学显著性正相关。

总体来说，山海之间没有历史束缚的硅谷长期处于领先尘世五十到一百年的状态。很多车库都兼做 IT 实验室，很多厨房和后院都有 E. Coli 的发酵罐。理科生平均三个月换次手机和电脑，台式机多数是水冷的，显示器最少是两个，见面聊天说硅谷英文，百分之八十的词汇不在《牛津高阶英语词典》内出现。文科生长年被理科生和人民群众看不起，将兴奋点转移到科学还不能解释的领域，普遍信仰中亚小众宗教、使用迷幻剂、经常性组织非暴力革命、诱拐妇女、吟唱诗歌。小明坚决拒绝了两个薪酬优厚但是听上去完全不符合硅谷这种脱俗气质的工作，一个是构建不良资产的定价模型，一个是给色情交友网站维护影像视频数据库。

生物技术公司发了小明五十万股期权，行权价十美元，锁定期两年。不到一年，股票升到接近三百块。小明想，两年之后卖掉一部分期权，买个房子，中国不可能有的那种，中介问他想要靠水景的还是山景的，水景是喜欢海景、湖景还是河景。

小明还在犹豫中，长生不老药最新的一期临床数据出来，按“没有观测到不良作用的药物水平（NOAEL）”给病人注射，病人出现了大概率的抑郁症，公司股票一天之内降到了七块半。小明继续住 Palo Alto 的一室一厅公寓。

公寓里一个韩裔文科生喝多了酒，在楼道里说韩语，笑、哭泣，狂砸小明的房门，小明扭上房门的保险栓。韩国文科生用英文喊：“小明，明，我知道你在，开门。摩西说，你不要奸淫。玄奘说，八戒。韩国的孔子说，中庸！中庸！中庸！长生不老有什么好？速生速灭，每次还能有个新肉身，仿佛换条牛仔裤，我来生的新肉身就是你。你要对自己真诚，用好今生，用好现世，你喜欢的其实是男人。我姓 Kim，我爱你，就在今生现世。”

小明在门后面笑了，心想：造人的核心设计原理是中庸。如果长生不老真的有解，后来人怎么过啊？世界是你们老人的，世界是我们年轻人的，世界终究是下一帮孙子们的。我错了，不能有长生不老药，所以不会有长生不老药。

四

无房无产，父母老病，小明回国，落户深圳，找了点风投的钱，开了一家小小的生物科技公司，最初接一些硅谷大生物科技公司外包出来的研发业务。小明妈妈尤其高兴，冬天的时候，深圳比湖北暖和很多，没有极端天气，需要开电暖器的日子也就一两个星期，八九月份的时候，深圳有新鲜的南山荔枝吃。“‘日啖荔枝三百颗，不辞长作岭南人。’我这么胖，又姓杨，这辈子，这么大岁数了，应该好好吃吃荔枝。”小明妈妈说。

小明后来回国的经历证明，很多传说就是传说，很多传说背后还可能有阴谋。

这些传说包括：

第一，中国某些大城市已经接近世界发达水平。

第二，政府官员都是服务型的。

第三，上海女生的长相都是打扮出来的，她们没有任何文化追求。

第四，创新必须投入大量的研发费用。

小明因为相信了第一个传说，在深圳宝安机场提醒一个登机插队的壮汉，插队是种很龌龊的行为，被一拳打断了鼻梁骨。

一个官员破灭了小明的第二个传说，他说："我的确是服务型的，这里的确是特区。但是，我是公共事务管理学的博士、博士生导师、世界五洲公共事务管理协会创会会员。但是，这里是特区，海外归来的人才比打工妹还多，不涉及十个亿的事儿，我管不过来，只能当老子，无为而治。"

小明回国后第一个女友是正宗上海浦西的，父母都通英文。她头发剪爽洗顺香香地在撒在肩胛骨上，洗把脸之后，脸上一左一右两块粉团比上妆之后还幼嫩还透亮。两瓶红酒之后，她对小明说："别再点了，两瓶红酒基本都是你自己喝的，再点，我也不会多喝，即使多喝一点点酒，我也不会和你乱来。我们之后的日子还长，你的生物科技公司还没在海外 IPO 呢，我们还不应该着急乱来。你稍稍闲一点的时候，可以把这些年的管理经验总结总结，出本书。在出管理类的图书方面，中信出版社和机械工业出版社都不错。天快凉了，明天去美美百货帮你挑件羊绒大衣，顶尖好料子，质量比大名牌还好，价钱不到三分之一。买来之后把领子后面的商标去了，以后你坐港龙的飞机，那些好美的港龙空姐帮你挂大衣的时候都不知道是什么牌子，一摸料子，如果懂的，一定以为是意大利定制的，对你另眼相看。”

第四个传说的破灭让小明的公司成功接近了海外IPO。一种创新是投入大量研发费用形成技术突破，另一种创新是山寨，深圳的创新是第二种。小明的一个朋友在深圳做的MRI，类似大厂机器的性能，只卖三分之一的价格。大厂机器要病人走到影像科MRI室去照片子，他的机器走到病人床边来，大厂机器配备二十寸专业黑白显示器，他的机器配备三十寸彩色显示器，大厂机器只能分析图像，他的机器还能玩斗地主、魂斗罗、坦克大战等三十个怀旧小游戏，看美剧、韩剧、日本AV更不在话下，界面如同iPhone，可以按影星、剧名、放映频率检索。

小明开窍了，停下了所有化学原研药的开发，不赌自己的运气犹如神助，也停下了大分子原研药的探索，专注难做的原料药，active pharmaceutical ingredient（API，活性药物成分），一样的活性，世界市场二分之一的价格。小明的生物技术公司四年后无限接近美国IPO的规模。

五

小明创业的生物技术公司要在德国波恩买一家叫圣狮的生物

技术小企业，希望提升高毒性肿瘤治疗药物原料的制造工艺以及小批量初期临床用客制原料的生产能力。圣狮公司一共两百多名员工，平均工作了十年。美玉是管理咨询公司负责商业尽职调查团队的项目经理。

小明第一次聘用管理咨询公司，内心忐忑，比第一次在东莞尝试传说中的莞式全套色情服务还忐忑。东莞那次，整个过程中，小明的手心一直出汗，后背肉颤，眼睛微睁，心里一直想：原来身体可以有这么多种用法啊。挑选管理咨询公司的时候，小明的手心一直出汗、后背肉颤、眼睛微睁，小明还穿了西装、系了领带，心里一直想：原来开个这样的咨询公司也可以挣钱啊。小明心里比较了一下这两种人生初体验，发现了很多相同点：强调的都是用户体验，从业者都是名校毕业的，都不需要长期行业经验、脑子或者下身原始好使就好，有时甚至行业经验越少越容易出真知灼见；每天都工作得很晚，都有明显的受虐倾向，顾客越凶残干得越爽学到的越多；都吃青春饭，都不容易被外人理解，都不容易大规模复制，都不做广告，需要名声的口耳相传，用户都觉得收费昂贵但是都很可能重复使用，都觉得是自己能办的事儿但是还是觉得委托给外人帮自己办似乎更爽些。

听长期使用管理咨询公司的朋友告诫，挑选这类公司最关键的是挑好全职项目经理，不是看公司的名声，不是看价钱，不是看大合伙人的水平，也不是看具体干活的小兵们。小明穿着西装系着领带，看到美玉的第一眼，就坚决决定不用美玉。

小明看美玉的第一眼，鸡鸡就硬了。

这样的情况还出现过一次。上次是三年前，小明的公司蒸蒸日上，要招个前台兼行政助理。一个女生来面试，小明见了第一眼就不行了，眼睛不能看，心在嗓子眼，小明遮着眼睛，利用身体姿势和办公室家具的掩护，让自己不再直接看到那个女生。面试完，明确和行政总监说，那个女生不能来。行政总监说她条件最好了，小明摆摆手，说，她隐藏了一些东西，你看不出来。行政总监还想再说下去，小明硬生生制止了他。小明在椅子上坐了很久，太阳在窗户里移动了很多，鸡鸡的硬度终于消退，小明站起来，去了趟洗手间。

小明问自己的红颜知己静才老师，小明一旦需要大众世俗常规规劝的时候就问静才老师。小明问，你说，来的也不是超级大美女，头发啊、脸啊、胸啊、小腿啊，都没啥超级的地方，我怎么就不行了呢？静才老师说，你是超级色情狂，不用女生超级，你自己狂。小明说，是老天这么给我编码的，这种长相、这种头发、这种气味组合，我肌体就必须性欲澎湃，不是我，是基因编码。静才老师说，就是你，别给自己找借口，什么都是老天爷害的，小时候不读书都是“四人帮”害的。我看死你了，你即使不是超级色情狂，也是超级理科色情狂。

美玉对小明的第一印象是，小明黑色的皮鞋尖上和后帮上带了点泥，估计常常到处出差，鞋面的皮子还挺新，后帮的皮子松了，估计长期不用手帮助脱鞋，硬撑硬甩，鞋跟的后外角也已经明显磨掉了一块，估计走路姿势不对。

六

技术标和商业标综合，民主评议下来，美玉的团队完美胜出。在评标前，小明说，聘用管理咨询公司，目的是为了投资决策科学化，降低一把手拍脑袋作决策的风险，第一次聘用管理咨询公司，索性做得彻底些，我不参加投票。评标结果出来，小明心想，肏民主他妈。

在美玉讲述完她理解的项目背景、项目难点、推进方式、最后递交物等之后，小明最后在会上问了美玉三个问题：

“一个企业成功，最主要的因素是什么？”

“是运气。”

“并购投资中，最大的风险是什么？”

“是最高决策人的私心、私欲、杂念、情绪胜过商业逻辑和商业分析的风险。”

“这个尽职调查的最大困难是什么？”

“是您不投入足够的时间，不去现场，一味等着项目小组分析之后证明您的直觉是正确的。”

会下，小明送美玉团队走之前，问：“你结婚了吗？”

美玉说：“没有。”

小明接着问：“那，有孩子了吗？”

美玉说：“还没有。”

小明说：“那就更好，闲着也是闲着，全心全力做尽职调查玩儿。我们下次德国见。”

七

在德国波恩圣狮公司的办公室开完项目最终汇报会之后，主要发现和小明最初的直觉一致，大家心情都不错。有的夸德国的生活标准高，满街出租车都是奔驰，有的抬杠反对，说，铁岭的文化生活还丰富呢，满街都是二人转。有的说德国企业的尽职调查好做，就一本账，到处都找不到第二本假账、第三本假账、第四本假账的痕迹，有的担心，说，估计脑子里也只是一根筋，以后合作难，到处找不到变通的第二根筋、第三根筋、第四根筋。

汇报会之后在公司旁边不远的一个古堡餐厅吃饭。餐厅在一个小山坡上，听圣狮公司的德国人介绍，这个古堡原来主人的祖先来自罗马尼亚吸血鬼的故乡，所以见客人时很少笑，一笑，嘴皮就遮不住獠牙。结果，项目小组的很多人在那天晚上都看到了獠牙。那晚，月亮也盛，比餐盘大、比烛光亮，大家都喝了很多，喝空了古堡里所有的酒。

先喝的是中档酒，喝光之后，又喝空了低档酒，最后把高档酒也扫荡了。

小明对美玉说："你看，欧洲不错吧，十几欧元到几十欧元到几百欧元的红酒都好喝，白葡萄酒也好喝。"

美玉说："植物味儿、动物味儿、人味儿，白葡萄酒是一杯桃子味儿。"

"其实，女生也一样，也是老天爷的恩赐，十几岁的、几十岁的都好，长得高的、矮的、红的、白的都好，仿佛葡萄酒。"

一股恶心从美玉的小腹升起，在腹腔里面从下而上猛击胸腔和腹腔之间的横膈，酒在两个太阳穴之间激荡，美玉忽然想打人："女生和葡萄酒不一样，女生和女生不一样，以后您可以喝所有您想喝的酒，我只喝这个带 M 也带 Y 的酒，MY，美，玉，我的。"

"那我也喝这个带 M 也带 Y 的酒。"

"少来。"

"那我只喝这个带 M 也带 Y 的酒。"

"少来。"

"不信就看我行动。"

"和我喝就只喝这个带 M 也带 Y 的酒，和别人喝也不知道喝什么呢。”

“也只喝这个带 M 也带 Y 的酒。”

“省省吧。”

“呵呵。我自我介绍一下，我叫小明，我未婚，我有女朋友，我没小孩，我常常把自己搞得很忙，我热爱妇女。”

“哈哈。我自我介绍一下，我叫美玉，我未婚，我没小孩，但是我有男朋友，我男朋友有小孩，三个，领养的，全是残疾，一个弱视、一个聋、一个哑。我常常把自己搞得很忙，百分之八十的日子睡酒店，百分之五十的饭在飞机上吃，我只热爱我的男人。”

“呵呵。我喝茶只喝一种。原来喝绿茶，过一阵，胃不行了，改喝岩茶，过一阵，胃又不行了，现在喝普洱，熟普或者陈年的生普。够专一吧？”

“喝茶专一和我有什么关系？你在办公室里喝茶？”

“嗯。”

“下次我去喝茶，我自己带个杯子。”

“嫌我杯子不好？”

“我喜欢专一。”

“那我在办公室给你准备一个专用的杯子。”

“好，找空请我喝茶吧，杯子别给别人用。”

“你喝多了吗？”

“有点头痛。”

小明从裤兜里拿出一块沉香，递给美玉：“使劲闻闻，头痛会缓解些。我不太懂中医，但是听说香是发散的。发散的，都能治头痛。”

美玉接过去闻，再闻，头痛的确好了一些，说：“别的女生喝多了，你是不是也给她们闻过这块沉香？这是一块不专一的沉香，一块邪恶的沉香。”

一股恶火从小明腹部升起，小明冲着美玉距离很近地挥了挥右手，说：“这只右手摸过很多女生，早就不专一了。”

美玉说：“热爱妇女就是兽性的表现，热爱妇女的人就是禽兽。”

小明说：“更准确地说，热爱妇女就是公兽性的表现，热爱妇女的男人就是公禽兽。更进一步说，追求专一也是母兽性的表现，追求专一的女生就是母禽兽。你我彼此彼此，别这么正义凛然，我们都是进化不全的受害者。你说我是禽兽，你也是禽兽，如果你鄙视我，在你正义凛然地鄙视我之前和鄙视我的同时，也请你正义凛然地鄙视你自己。”

八

“我没醉，我和你睡在一起不意味着我要肏你。”美玉头枕着小明的肚子，头发胡乱散在小明的肚皮上。

酒店房间里的灯光昏暗，小明半靠在床框上，眼睛往下张望，美玉的头发像一朵盛开的巨大的黑色的花朵，花瓣和花萼散在肚皮上，晶晶亮、冰冰凉。

小明说："有些人喝多了闹，有些人喝多了肏，有些人喝多了困，有些人喝多了吐。我喝多了睡，注意啊，不是肏，是睡。你喝多了会怎么样？我知道你也不是肏。"

美玉眼睛闭着，嘴动："我喝多了说话，一直说到睡着。"

"嗯，你说，我睡。"

"你必须听着，你竖直身子，好好听着，不许睡！好不容易醉了，好不容易抓到一个人听，你不许睡！

"有次，访谈圣狮公司在国内的代理商，你说你想看看我们如何做访谈，非要跟着去，保证不捣乱，什么也不说。你的确什么都没说。晚饭喝了点小酒，吃完饭回酒店，大家纷纷入车。五座的商务车，你一个领导，一步钻到后座去，然后对我说，美玉，你来跟我坐后面吧，我顺从。接下来我们在黑暗中安静地坐了十几分钟，没有说话，你看左边窗外，我看右边窗外，一直到下车。我心想，变态啊，没想到我是这样的变态啊，这样都可以感觉挺好的啊。

"还有一次，听一个组员说，你是个诗人，说你有几首长诗文字酣畅，天分四溢。我在网上找来，看了，又看了一遍，如果我没在车里和你坐过，我想我会喜欢其中大部分诗句。但是我和你在车里坐过了，我就一句也不喜欢了。你的诗都是情诗，都是没认识我之前写的，而且我看出来了，不是写给一个女人的，你就是一个以热爱妇女为荣的混蛋。那个组员问我读过你的诗之后觉得怎样。我说，凑合吧。他偷笑，说，我会告状的哦！我说，好啊，即使他当面问我，我还是会说实话。小明就是一个理科生，耍流氓的时候变成文科生，瞎码几句。

“有次你去欧洲路演，我去欧洲看圣狮公司，我和你秘书关系很好，我知道我们正好坐同一班飞机，那天上飞机我穿了热裤，我知道我的组员一直在偷看，你只是问我，冷不冷啊？我心想：傻瓜，就知道问冷不冷？

“我知道你去欧洲，几天的时间内，你得把同样的内容几乎和不同的人重复说八遍，觉得你真辛苦。你总是在出差，总是在开会，深知你不容易，早就有心疼的感觉，但是什么也不能说，就冒着感冒的风险露出大腿和小腿给你看。

“那天，从飞机上下来，等过海关的时候，你突然跟我说：记得以前你们咨询公司有个姑娘，她老板跟她表白，她当时没接受，后来悔得肠子都青了，你对这个怎么看？我愣住，不知道你问这个干啥。我决定跟你玩捉迷藏：那个老板已婚还是未婚啊？你说，未婚。我说那就是她不把握机会呗。你追问：那要是已婚呢？我含糊其词地说这样我也能理解云云。那是你的试探吗？还是我多心了？

“从欧洲回来，你把在机场给我们照的照片发给我，我回你邮件说：我真不上镜。你说：我们都不是靠外表混江湖的人。我理解你这话的意思是，我不算好看。好吧，我内秀，妈妈的。你是个混蛋。

“你是不是睡着了？醒醒，你不许睡！”美玉咬了一口小明的肚皮，小明低声号叫了一声。美玉接着说：“第一次项目汇报会，开了一天，你都在。开完，快六点了，你说请我们小组吃饭，但是你有另外一场应酬推不开，你说和小组的晚饭与那场应酬安排在一起，你应付一下另外那场就过来和我们吃。靠，你还串场，和 KTV 小姐似的。那天晚上，你另外那场应酬死活不让你早走，透过包间门，我看到无数人在你身边来来往往，你举杯，干了，再举杯，再干了。心疼的感觉又一次淹没了我。我想敬你一杯。等你到了我们的包间，你走到我身边，我发现你已经微醉了，看我的眼神迷离又深情。我的心瞬时被击中，我想，完了，努力躲着和避免的，终于还是来了。

“你说，多帮帮我的小企业，这个项目很小但是很紧张，委屈你们了，辛苦你们了，谢谢你帮我。你还问我，结婚的时候会请我吗？我按住你的胳膊，没让你喝下那杯酒，我自己干了。然后你我彼此对视几秒，却好像看了一个世纪。

“晚饭后，你被司机扛走，我坐在出租车上，不放心你，给你发了短信，大意是我很荣幸为你工作，我会多用力气，不要多想，少喝，早休息。你很快回我：谢谢美女，我欠你一个。那之前你每次对我的评价都是损，居然说了句美女。我回：这是第一次夸我啊。你又回：以后都是夸，你别嫌腻就好。大概后来又说：你是个好人，你会幸福的。那天我想，是有点越界了吧？但是压抑了那么久，就这样吧。

“几天后，看到你微博，在给我发短信之后的二十分钟，你发了《小星》那首诗。我心狂跳，虽然不敢确认，但我知道，想回到平静不可能了。你微博是这样写的：酒大了，放下，继续诗经……《小星》：

雨下了
都湿了
天还是热的
牛蛙还叫着
我说
就这么着吧
想你不是一天两天了
小星一切都好好的

“又过了几天，我加班到晚上三点，我累得脑浆子痛，进酒店之前，看见两个职业妇女走出来，保安的眼神里明显的鄙视，丫看我的眼神竟然一样。靠，我要知道，我在你眼里不是鸡！我短信问你，小星是谁啊？你惊讶地笑，说你也看我微博啊？我说是啊。你不肯告诉我小星是谁。还说：有些问题你敢问，但是答案你敢知道吗？我想那一刻，我就已经知道答案了。我说，总有一天你会告诉我小星是谁。你说：你是对的。

“做完圣狮公司的尽职调查，我从德国的一个城市到另外一个城市，坐几个小时的火车。我选了餐车车厢，有桌子，然后大大铺开，开始重读你的诗集，我自己排版、自己打印、自己装订的，那是我觉得能够和你靠近的唯一方式。那天天气很好，火车一路开，阳光一路追，透过树叶把斑驳的影子印在书上，或许也印在了我头发上。读到结尾，突然很想哭。我知道站在我眼前的这个人如何爱过，尽管这个人是个混蛋，我还是很想念他。

“我从欧洲回来，你也从欧洲回来。我那天约你单独吃饭，其实没有太多妄念，只是想单独跟你吃顿饭。你说好的，下周四，一起吃饭。短信聊着聊着，我无厘头地问你，怎么办。你一定懂我在说什么，所以答：见面聊聊怎么办，没那么难。我觉得一个月来非常压抑，如此想你，你若即若离，我不想再等再猜。我知道你向来被动，你的位置也要求你不能主动，想说破，必然要我主动，我也知道背后的风险是什么：彼此尴尬，朋友没得做，工作也没法做。我问自己有没有做好心理准备，我想我做好了，项目不做了也不怕，辞职也不怕。我也不想等到我生日的时候让你送我诗了，生命苦短，我不能浪费。哪怕只是欢喜一段。于是我问你：我想你，你想我吗？如果不想，我就此匿了，从此不烦你。如果你也想我，我们谈谈。发出去后，手心都是汗。等了漫长的几分钟，你回我：想。

“我接着问，怎么办？你说开门。我开门，你就在门外了。我第一次被你拉手、亲吻，不睡觉地做爱。

“周四真的去一起吃饭的时候，你笑着说，咱们的孩子都有了。

“你真是个混蛋啊，你说是不是？”

美玉听见小明的鼾声，再咬肚皮，没有号叫，鼾声停顿了一下，再次响起。

九

美玉生日那天，小明没送美玉诗。小明写了他最喜欢美玉的十条。“你不是老问我喜欢你什么吗？我说喜欢你的一切，你说我敷衍你。如果具体举例，就是这十条了。”美玉说是诗，小明说不是，“这十条不是诗，对于我，诗的标准很高，你是诗。”

十喜：

喜欢和你分一瓶酒。

喜欢抓你头发睡着。

喜欢你对着镜子洗脸时从后面抱住你。

喜欢你在吵架后先服软，撅着嘴用手碰碰我。

喜欢揽着你的腰看夕阳下山。

喜欢我钓鱼的时候你自己一个人安静打游戏。

喜欢你感冒刚好就录歌给我听。

喜欢你生气不过夜。

喜欢你啥都会。

喜欢你腻腻地长长地叫爷。

美玉愣了很久，说，你不喜欢我什么呢？小明说，我虽然成长于改革开放的好时代，但是我听说过什么叫百花齐放和引蛇出洞。我不上你的当。我喜欢你的一切，没有不喜欢。

十

精疲力竭地把自己射尽之后，小明没停顿，沾着残存的气力，捏住避孕套的边缘，连着避孕套把阳具退出来，“等下软了，缩了，就秃噜（脱落）了。”

小明忽然想抽支烟。

小明没开灯、没下床，挣扎着右手尽力伸展，摸到床边的公文包，打开两层拉锁，摸出香烟和便携烟灰缸，点上。烟亮了，黑暗中一个红点。小明的眼睛对黑暗能很好的适应，那个红点，在他眼睛里，亮得仿佛一盏灯笼。小明在灯笼的照耀下，端详美玉背过去的身体。肩胛骨随着呼吸起伏、开阖，美玉不说话，头发乱在肩胛骨周围，身体仿佛半透明，玉一样。“累极了的时候，烟真好抽啊。”

小明忽然想死。

“为什么人特别烦和特别满足的时候都特别想死？因为都不想有将来？特别烦的时候，怕将来更烦；特别满足的时候，怕将来不这么美好。怎么能做到想死的时候就能死呢？听说管理混乱的医院里，剧毒药物管理也混乱，偶尔可以拿到。”

小明掐灭烟头，屋子里重新黑下来，在慢慢变淡的烟雾和烟味里，小明再次躺下，转了身，从后面松松地抱了美玉，美玉的肩胛骨顶着小明的乳头。

“抱紧我。”美玉说。

小明抱紧美玉，感觉到美玉的肩胛骨在紧抱下变平整。小明的上身比美玉的上身长，小明的阳具软软地被美玉的左右臀部夹了，淹没在草丛里。

“我还想要你。你不应期通常多长？”美玉说。

“非常长。我好想死。”小明小声慢慢地说。小明在说这句话的同时，阳具慢慢硬了，“如果在此刻死了，就太幸福了。”

十一

小明问美玉：“你什么意思啊？你到底要干什么？”

已经吵了一个小时，类似的议题已经吵了上百次。

“你和你诸多前女友为什么总是联系？”

“没联系啊。”

“没联系？没上床就是没联系？”

“偶尔发个短信也算联系？”

“偶尔？一天两三个也算偶尔？你把我当什么了？短信里总说那些暧昧的话！想你、爱你、打你。想你妈、爱你妈、打你妈。”

“哪有一天两三个？哪有说想你、爱你？”

“你少来，不服？你不服你把你手机给我，短信打开给我看。我可以给你我的手机，你敢给我你的手机吗？”

吵到最后，小明都只能问这两个问题：“你什么意思啊？你到底要干什么？”

“我没什么意思，我要你爱我，我要你只爱我，我让你和她们不要再联系了。”

“我爱你啊，我只爱你啊，我和她们不联系啊？！”

小明觉得头大，脑后有一只手，因为愤怒而变得巨大，推着他的脑袋往墙上撞。小明听见自己脑袋撞到墙上的声音，感到刻骨的疼痛，但是同时产生悲愤的快感。脑后的手更加有力了，把小明的脑袋往墙上摔得更狠了，墙在震动，美玉哭了。

小明说："我他妈的就是禽兽，我他妈的就不是人，可你找我干什么啊？你找天使去啊。求求你，放我一条生路。我什么都不要了，我要不起，这总可以吧？再好，我不要了，我想我自己一个人待着，我求求你了。"

小明看到那只大手把通向阳台的门打开了，二十层楼下一片安详，没人没车。那只大手放开小明的脑袋，牵着他的手，温柔地走向阳台。美玉还在哭泣，那只大手使了使力气，小明的身体就从阳台飞了出去。

美玉听到阳台似乎有动静，几秒钟之后，一个物体沉闷的撞击地面的声音，美玉蜷缩在墙角里，沉浸在自己里，直到许久之后，房门被敲响无数次之后，有人闯进来，说，刚刚有人从你的房间跳下去了，送去医院，没救活。

十二

"你明知道我热爱妇女，你又非要独享，你怎么还和我好？

你不怕苦吗？你想想，作为人，你我的硬件软件已经搞好，再变，可能吗？机器人能否挑战制造商？我们有挑选的自由，没有改变的权力。”

“我不怕。人不是机器人。为了你，我愿意再苦五年、十年、十五年。”

“那好，我也愿意和你斗争一辈子，直到你的世界观和我的世界观一致。”

“好，我要等你给我看你手机的那一天。”

“好，我要等我给你手机你也不看的那一天。”

“好，一言为定，一辈子耗在一起，看谁赢。”

“叫爷。”

“不叫，就是不叫。”

刺客列传 2004

0. 马加爵的公元2004年

新华网北京3月1日电：公安部1日发布A级通缉令，通缉在逃杀人犯罪嫌疑人马加爵。

2004年2月23日，云南省昆明市发生一起4人被杀案件。经工作认定，马加爵有重大作案嫌疑，现已潜逃。

马加爵，男，1981年5月4日出生，汉族，云南大学生化学院生物技术专业2000级学生，户籍地址：广西壮族自治区宾阳县宾州镇马二村一队12号。身高1.71米左右，体型中等，方脸，高颧骨，尖下巴，双眼皮，凹眼，蒜头鼻，大嘴，下唇外翻。

操广西口音。身份证号码为：452123198105045232。马加爵在潜逃时随身携带两名被杀害者身份证：龚博 612325198306120917，邵瑞杰 450421198201175530。

公安机关将对提供准确线索的公民给予 20 万元人民币奖励。发现线索举报的公民，请拨打 110 报警电话，或向当地公安机关报警。凡知情不报、包庇或窝藏犯罪嫌疑人的将依法追究其刑事责任。

I. 杀手学校

喜马拉雅山麓，杀手学校。

一峰，一石，一松，一鹰，盘旋在松顶峰尖。

一花，一杖，一老者，一群短衣少年，眼睛齐齐盯住左手莲花右手竹杖的老者。

老者问：人能长生不老吗?

一少年答：不能。

老者右手微动，竹杖慢如竹子拔节快如闪电出云，答题少年的右拇指已变成紫红。在杀手学校，答错一个问题，轻则十天使不了剑，重则少一根手指。

老者问：人能长生不老吗?

一少年答：能。

老者右手微动，竹杖慢如竹子拔节快如闪电出云，答题少年再低眉就看见竹杖的一端已经插入他的人中，但是没有一丝疼痛，没有一滴血。“能？我再多使一毫力气，你就再也不知道生是什么滋味了。”

老者问：人能长生不老吗？

一少年答：人类能，一个人不能。

老者问：为什么？

少年答：人为血肉之身，都是要腐朽的。人阴阳相合，子孙相续，就能长生。

老者左手微动，莲花的一片花瓣无风而飘落，答题少年伸左手接了。在杀手学校，答对一个问题，可以单独学三式剑法或者去学校图书馆看三小时《全本绣像金瓶梅》：“西门庆脱了衣裳坐在床沿上，妇人探出手来把裤子扯开，摸见那话儿，软叮当的，托子还带在上面……”

老者继续问：那你活着的最终目的是什么？

少年答：让我的基因保存下来的概率最大化。

老者继续问：用什么方法？

少年答：做帝王，想谁就是谁，章子怡、林志玲、吴妈、莎娃。

老者继续问：如果当不了帝王呢？

少年答：杀。不为帝王就当杀手。杀掉所有比我繁衍概率更大的人。

老者问：连帝王都杀？

少年答：最该杀的就是帝王。我一直问您，您为什么训练杀手？

老者右手微动，竹杖慢如竹子拔节快如闪电出云，答题少年再低眉就看见竹杖的一端已经插入他的人中，没有一丝疼痛，没有一滴血，然后他就一动不能动了，左手心里的那瓣莲花瓣滑落到山谷间。

老者看着那瓣莲花的轨迹说：你不是好杀手。好杀手不问问题，你没看过电影吗？杀手啰唆两句，就反被好人杀死了。好杀手杀死人之后再向死者倾诉，好杀手知道所有他们需要知道的答案。他们的脑子做他们手的主，他们的手做他们剑的主，他们在瞬间作出一个决定：杀。

II. 荆轲的公元前 227 年

公元前 227 年冬天的一个中午，燕国都市，街上，人声稀过狗吠。

狗肉张的狗肉火锅摊子刚刚支起，炖狗肉的大锅里还没添葱姜蒜，浓重的酸臊气。高渐离的天上阴间夜总会还黑灯闭户，个别早起的小姐，从旁门出来，裹着棉大衣，就着街道上的下水沟刷牙洗脸。

身材矮小的荆轲站在狗肉火锅摊子和天上阴间夜总会前，大吼一声：早睡早起身体好，狗肉张、高渐离，你们丫别睡了，起床。

狗肉张看见荆轲身上的一个包裹，问：你包裹里是不是一个狗头？这么大？藏獒的吧？值钱啊，还是老规矩，卖我吧？我在试着做白水狗头肉。

荆轲说：你妈，我这种街头霸王，包裹里当然是人头，一颗贵重的人头。

高渐离说：你早上就喝二锅头啊？你要出远门啊？

荆轲说：我今天要最终证明，我才是真正的街霸。真正的任何东西都能不朽：真正的烂妹褒姒，真正的傻屄孔丘，真正的奸夫吕不韦都不朽了。我要是不朽了，你们也能沾光，也能不朽。我欠你们太多，狗肉张，我白吃你的狗肉，白喝你的二锅头。高渐离，我白睡你的波霸，白看你的老婆。我生在世上，让你们白听我念《诗经》，白看我舞剑，我泯灭之后，让你们白白不朽，我们扯平。

狗肉张说：你别臭牛屄了。盖聂和鲁句践才是街霸。他们一个剑术比你好，一个棋艺比你好。人家骂你、瞪你、蔑视你，你连屁也不敢放，就跑了。

荆轲说：我比他们更街霸。街霸不骂人，街霸杀人。街霸不瞪人，街霸挖人眼珠子。

狗肉张说：田光和樊於期两个豪杰才是真正的街霸，他们说，你的《诗经》都念错了，发音不对。他们说，你的剑术也不好，你没有杀气。

荆轲说：我比他们更街霸。我没有杀气？田光和樊於期两个豪杰都在我面前自杀了，我的剑都没有出鞘，他们的人头就在我包裹里了。你知道什么是成为街霸的最好材料？就是我这样的，我不会吓唬人，因为我从小就没有害怕的概念，我不知道杀和不杀之间的区别。

狗肉张说：好。你去杀了秦王嬴政，你就是街霸了。我送你支条酱狗腿，路上吃。

高渐离说：好。你去杀了秦王嬴政，你就是街霸了。我击缶，送你一只歌，你抱着波霸二重唱吧，别抱我老婆，我老婆还没刷牙洗脸。

燕国的北风呼啸，伴着似冰屑似雪粒的东西，小刀一样削脸。荆轲双手抱起波霸，波霸穿得很少，但是荆轲巨大的双手环绕，仿佛一件狗皮坎肩，波霸听见荆轲叮当乱响的心跳，她一点都不冷。荆轲唱：风萧萧啊，易水寒。壮士一去啊，不复还。荆轲说：狗肉张，我屋子里有一次抱不动的金子，太子丹给的，我知道你缺流动资金，送你了。高渐离，我箱子里有你青春偶像的右胳膊和长头发，太子丹剁的，我知道你暗恋她很久了，送你了。我去杀嬴政。

荆轲右手微动，剑杖慢如竹子拔节快如闪电出云，然后嬴政低眉就看见剑杖的一端已经插入他的人中，但是没有一丝疼痛，没有一滴血。

荆轲问：你知道，人能长生不老吗？

嬴政说：我能，人类也能。

荆轲问：你知道，什么人最让顶尖的杀手下不去手吗？

嬴政说：不知道。

荆轲说：真正的帝王。顶尖的杀手会算出，这些帝王的基因比杀手的存活概率大。你比我更该活下来，我爱你胜过爱我自己，你爱你的伟业胜过你爱自己。好杀手不问问题，我知道所有我需要知道的答案。我死之后，你杀掉这大殿上所有的人，然后告诉天下，我的剑没有拔出来。你知道么，我在瞬间做出一个决定：不杀。

III. 朱增禄的公元 2004 年

云南大学，男生宿舍。

一桌，一椅，一床，一杯白水，一个馒头，一只暖壶，朱增禄已经三天没出宿舍去上课了。

朱增禄没有鞋，没钱买鞋。2000 年，父母在送他来云南大学的时候，带了六千元，交完学费，父母买了回家的火车普快硬座票和几个馒头，把所有剩下的钱都留给了他，包括一元的硬币和一毛的纸币，鼓鼓地装了一个信封。

朱增禄一直在等学校的助学贷款发下来，然后去学校门口的小杂货铺买双温州造的假耐克鞋。温州小老板说，现在不比以前了，十几年前，他们把耐克的弯钩和阿迪达斯的烟叶钉在同一双鞋上，现在，他们镇上牛屄的老板，从意大利聘来顶级的设计师，住在自己家里负责设计新款皮鞋。朱增禄看上的耐克鞋，白地黑钩，干净利落，一点不像假的。他喜欢耐克的那一道弯钩，像是一把弯刀、一把大铁锤，又像一道因失血过多而渐渐稀薄的血迹。

这三天，朱增禄反复做三个梦，他无法分析出它们之间的联系。

梦之一是军训。

剃完头，他和所有入学新生统一穿了夏常服，和白杨树一起，一排排站在军营操场上，夕阳下，红闪闪绿油油的一片。他喜欢这种感觉，大家都一样，穿得都一样，头发都一样，不用说话，站着就好，没人知道你家里没钱，没人逼你说话。教导员站在队伍前面，胖得很有威严，两腮垂到下颌骨，头从侧面看，成直角梯形，底边很长，下巴突出。头顶基本秃了，仅存的几缕被蓄得很长，从左鬓角出发，横贯前额，再斜插脑后，最后发梢几乎绕了一圈，回到出发点。

教导员在大喇叭里用河南话喊：

“同学们！同志们！祖国新一代大学生们！你们第一次来到军营，欢迎你们！”

他们鼓掌。

“同学们！同志们！你们来自二十六个省市，一百一十九个县，我的办公室有张空白全国地图，我把你们的家乡全用大头针标出来了！”

他们鼓掌。

“同学们！同志们！到了军营，穿了军装，就是军人！第一次，你们跟我喊个高音，‘杀！’”

“杀！”他们齐声喊。

“声音不够大！女生先喊，‘杀！’”

“杀！”女生喊。

“好，男生喊，‘杀！’”

“杀！”男生喊。

“男生比女生声音还小！大家一起喊，‘杀！’”

“杀！”他们齐声喊，杨树叶子哗哗乱动，营房屋顶上的瓦片落地，他们自己被自己的声音吓着了。

“好！吃饭！明天起，吃饭前唱歌！杀！”

梦之二是一个老者。

一峰，一石，一松，一鹰，盘旋在松顶峰尖。

一花，一杖，一老者，朱增禄眼睛紧紧盯住左手莲花右手竹杖的老者，问：我如何能长生不老？

老者答：杀掉所有比你的繁衍概率更大的人，比你有钱的人，比你能说的人，比你更招小女生喜欢的人，比你更招老师喜欢的人。

朱增禄继续问：什么是杀手最好的成长条件？

老者答：仇恨和苦难，洗冷水澡，享受孤独。天将降大任于是人也，必先苦其心志，劳其筋骨，饿其体肤，空乏其身，行拂乱其所为。所以动心忍性，曾益其所不能。

朱增禄继续问：最厉害的杀招是什么？

老者答：是最简单的招数，一击，毙命。没有花样，就是更快，快得别人没有反应。杀，一个字而已，杀。

梦之三是燕国都市。

街上，人声稀过狗吠，狗肉张的狗肉火锅摊子飘出一阵阵炖狗肉的香气。荆轲在唱：风萧萧啊，易水寒。

朱增禄说：偶像，你好。

荆轲说：我怎么是你的偶像？

朱增禄说：我向你学习。盖聂和鲁句践，一个好像剑术比你好，一个好像棋艺比你好。他们骂你、瞪你、蔑视你，你连屁也不放，走开了。我的同学在我面前摔杯子、骂我，我连屁也不放。有人给我两毛纸币，让我替他洗袜子，他的袜子两个月没洗了，在地板上能立着，我洗了，两毛钱，我买了一个馒头。他们喝酒不带我去，喝多了回来，在我床头撒尿。我的枕头湿了，我等他们尿完，我把枕头翻过来，稍干的一面朝上，继续睡。你是我行动的偶像啊。

荆轲说：你只学会了我的沉静。

朱增禄说：我也只学你的沉静。你不是真正的街霸，不是最好的杀手，你最后还是没有杀死嬴政。

荆轲说：所以说，你只学会了我的沉静。你知道么，我在最后的瞬间做出一个决定：不杀。

朱增禄说：杀和不杀，在最好的杀手面前，是一样的，就像池塘里的荷花会不会在今天开败一样。我想告诉你的是，我一定能杀死嬴政，我才是真正的街霸，我才是顶尖的杀手，我如果在瞬间做出一个决定，一定是，杀！

朱增禄喜欢军训，那是他最美好的大学时光。那个手把手教杀人的老头，长得像极了电脑游戏里的杀手学校校长。靠，就是这个倒霉老头，老是问怪问题，让他总是过不了这第七关，不能在打通关后，看长着小尖屁股和小尖乳房的仙女姐姐跳脱衣舞。《史记·刺客列传》几乎能背下来了，但是朱增禄还是想不明白，荆轲为什么不杀了秦始皇嬴政，“拔不出剑来？扯鸡巴蛋！”这三个毫无联系的梦通过最后的一个杀字联系起来，在朱增禄的脑海里盘旋不去：杀、杀、杀。

朱增禄双手用尽力气堵住耳朵，不想在任何时候都听到那个“杀”字，但是那个声音还是从他双手的指缝中渗进他的耳朵，在他的手掌和耳膜之间反复撞击。不能再一个人待了，他在宿舍凑了一桌牌，算他在内，五个人。他的耳朵听不见那个杀字了，但是那几个牌友的声音响起来了，比杀字更难听：

“你丫作弊。”

“你丫没教养。”

“你丫没前途。这种小事作弊，别的事情可想而知。”

“你丫没姑娘喜欢，真不奇怪。”

朱增禄笑了，他找到了一个比“杀”字更难听的声音，他礼貌地把这四个牌友请出宿舍。

其中一个在另一天第二次进入这个宿舍关好门之后，感觉到风声，抬头看到一个没有鼻子没有嘴巴的大铁锤扯地连天落下，然后就听见自己头骨粉碎的声音。

朱增禄觉得那个牌友躺在地板上，弯曲着仿佛耐克的标志，于是对那个尸体说：你骂一句，我打一锤，你我扯平。他把尸体放进黑色垃圾袋，胶带封了，锁进衣柜。然后，啃了一个馒头，喝了一杯开水，虽然只是一击，但是很耗力气。

如此三次，四记铁锤，还四句话，衣柜里多了四具尸体。他一共啃了四个馒头，喝了一壶开水。他扭头看了眼坐在他上铺的荆轲：看到了吗？我演示了四遍，你该学会了吧？杀，一击，毙命，杀。

杀过四遍，朱增禄耳朵里听不到那个杀字了，就像上完厕所，尿空膀胱，耳朵里就听不到吹口哨的声音了。他晚上又约了一桌牌，他想听听，人世间是否还有骂声。他想：如果有骂声，也是麻烦，虽然铁锤还可以用，但是柜子却装不下更多的尸体了。

这天晚上，没人骂朱增禄。开始，他的手气一直不好，连输了好几把牌，其他人自然开心。朱增禄分析了一下，这个不奇怪，碰过尸体的手，自然有晦气。他连续上了好几次厕所，手摸阳具，小便。后半夜，手气渐渐好了起来。后来好到别人一直叫他神手朱，运气太好，旁人开始崇敬，也没了一句骂声。

牌局散后，一轮弯月挂床头，宿舍因为没有别人，格外安静。朱增禄很快睡着了，他没梦见军训、老者或者荆轲。他梦见他有了一个儿子，朱增禄叫他朱大锤。儿子摇摆着走来走去，朱增禄喊着他儿子的名字：大锤、大锤、大锤。

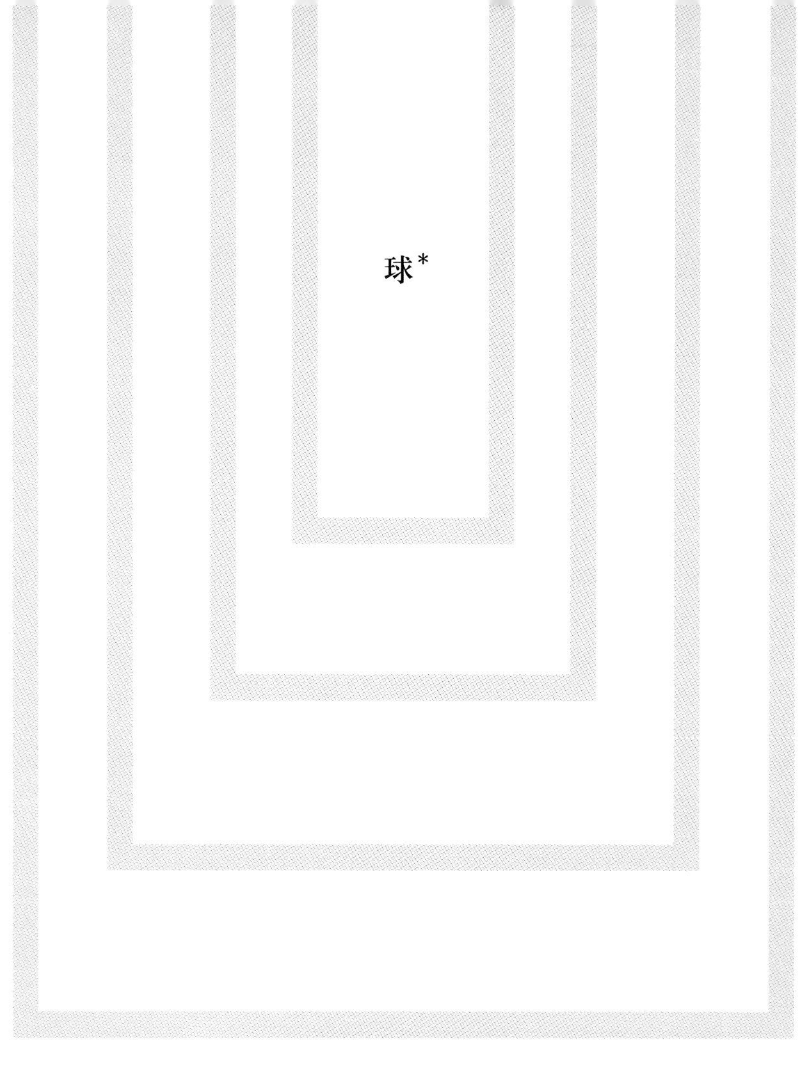

球*

*本篇与比目鱼合著。

1

许多年以后，面对马戏团老板被踩成肉饼的尸体，七喜准会想起，他七十七岁父亲带他去见识南天萤火虫的那个遥远的下午。

马戏团老板是个除了鸡鸡不硬到处都硬的人，特别是心。即使看到镇子上几百人凑到他的马戏篷，马戏团老板心还是没有甜蜜到柔软，还是在想，为什么不是一千人，“一千人就是一千个银元而不是几百个银元，就是四位数的财富而不是三位数的财富”。

“我有会用大拇指走路的大象，会用舌头打架的肉球，会让你笑死不偿命的小丑，前面长得像章子怡后面长得像司马懿的斑马。这么多好东西，怎么只有几百人看？”马戏团老板骂。

观众全部到齐了，在露天的大篷里谈笑、吵闹、吃、吐、张望、思考人生。

“大象赶快出来！”观众喊。

“肉球赶快出来！”观众喊。

“小丑赶快出来！”观众喊。

“司马懿赶快出来！”观众喊。

马戏团老板骂：“大象，赶快用你的拇指走出去！”

大象白了马戏团老板一大象眼，很大很白，然后一动不动。马戏团老板骂了三遍，大象还是不动，前台观众的叫喊声更大了。马戏团老板找到肉球。

肉球是个没手没脚的老人，他的名字叫七喜。肉球七喜今年五十七岁了，已经给这个马戏团干了五十年。五十年前，现在的马戏团老板还是个小孩儿，但是那时候他的鸡鸡就已经不硬，心已经铁硬了。五十年前，马戏团老板逼着他爹马戏团老老板买下肉球七喜，“爹，你傻啊，买个死的皮球还比这个活着的肉球贵呢。”

马戏团老板找肉球七喜，是因为他听得懂禽兽的语言。其实，肉球七喜还能说禽兽语言，他有个巨大的舌头，能发出正常人无法发出的频率。

“大象说，它病了，它的脚受伤了，它的左脚或者右脚或者左腿或者右腿长了个鸡眼，否则能跑一百一十米栏。”肉球七喜翻译道。

“不行，舞台上，全宇宙亿万人民都看着它呢，它必须跑。我们马戏团的崛起就靠它了，它必须跑。哪怕挣扎着转一圈，哪怕之后断了腿，哪怕以后再也不能走路，今晚也要跑！”

“大象说，它就是不跑。”

前台已经传来震天的谩骂声和跺脚声，兴奋比愤怒多。

“肉球，你先滚上前台去。我来收拾大象。”

肉球七喜来到前台，在灯光照耀下表演他长期熟悉的花活。他的舌头长而灵活，舌头扑蝴蝶、舌头击鼓、舌头拉车。坐在前排的小女孩说：“好恶心啊，口水流了一地，我都闻得见！”

肉球七喜回到后台，马戏团老板已经被发了狂的大象踩成了肉饼，软软地瘫了一地。

大象站在后台，说：“我就是不跑，打死你也不跑。”

2

夜很深了，所有人和禽兽都散了，只有肉球七喜、小丑和病了的大象还在，不知道去哪里。

大象说：“我天生是孤儿，没有地方去。”

小丑说：“我天生不是孤儿，但是我能讲笑话的第一天，就把我爸妈逗得笑死了，就成了孤儿，我也没有地方去。”

肉球七喜说：“我父亲七十岁那年生下我，他一生娶了七个老婆。某个岁数之前，他最大的乐趣和白雪公主一样，就是一晚上睡七人。某个岁数之后，他最大的痛苦和白雪公主一样，就是一晚上睡七人。我生下来就没手没脚，我父亲养了我七年，每天给我喝花生猪手汤，以为我会长出手脚来，但是七年之后，我还是一个肉球。在我七岁生日过后的第一天，他把我卖给了马戏团。现在，五十年过去了，我父亲也该不在人世了。”

大象说：“那你也没有地方去啊？”

肉球七喜说：“其实，我有个地方要去，我要去南天黄金海岸。我七岁生日那天，我叔叔从遥远的南方回来，我七十七岁的父亲带我去看他。那是一个漆黑的夜，所有的星星都灭了，我在我叔叔的行李夹缝里见到一个像毛毛虫的萤火虫，它说它叫南天萤火虫。它说，这是真的，南天萤火虫和北方的萤火虫不一样，不像蝴蝶或者飞虫，不像坐在花瓣顺流而下的拇指姑娘，而像蚕或者淫虫。南山萤火虫说，如果我帮她逃进屋后的山林，它就给我一件宝物。”

小丑说：“后来呢？”

肉球七喜说：“后来，我看到它也没手没脚，就帮它逃进黑暗的山林。它说，那个给我的宝物是盒火柴，在我叔叔的行李里。那盒火柴上写着著名商标：卖火柴的小女孩的火柴。点燃那盒火柴里任何一根火柴，就有一个精灵出现，满足我一个具体的愿望。”

小丑问：“什么叫具体的愿望？”

肉球七喜说：“就是一个具体的愿望。不能是二屄类或者傻屄类的脑筋急转弯，比如，我的愿望就是满足我所有愿望。不能是违反自然法和道德律的愿望，比如，我的愿望就是长生不老。南天萤火虫说，精灵智商都低，只能求它们做非常具体的事情，不能让它们创造性地解决问题。比如，不能说，你让我满足吧，而要说，你去变出一锅红烧肉吧。”

大象说：“后来呢？”

肉球七喜说：“临分手，南天萤火虫告诉我，在它生活的南天，在海的边缘，有片巨大的榕树林，其中一个榕树下面，有个姓路的医生。路医生本领很大，治很多怪病，让哑巴说话，让和尚打架，让灰姑娘写长篇小说成为美女作家。你如果找到他，或许他能治好你的病，让你长出手脚，或许还能让你用新长出来的手拿起笔来写作呢。”

3

小丑和大象说：“这听上去像个童话故事。”

肉球七喜说：“我七岁那年，也是这么想的，直到如今，我也是这么想的。但是，我也没有地方去了，我也这么大岁数了，我想，去趟南天。”

小丑说：“也是，闲着也是闲着，或者闹场革命，或者去个最遥远的远方，我陪你去吧。”

大象说：“全宇宙人民都怀疑我了，我也觉得没意思了，我驮你们去吧。”

于是小丑把肉球七喜拽上大象，大象背朝北斗星的方向，开始南天的旅途。

4

走了七天七夜，遇上一座大山。大山大得一望无际，一座山就是一个世界。

大象说：“我驮不了你们过大山了，我老了。如果我还年轻，如果二十年前，咱们打死马戏团老板，跑出来，我一定能够驮你们过这座大山。”

肉球七喜说:“是该试试‘卖火柴的小女孩’牌火柴的时候了，看看是否真的有精灵出现。”

肉球七喜用舌头从他身体上最隐秘最深沉的肉缝里拿出一包火柴，磷片竟然还是干燥的。肉球七喜颤抖地打开，取出一根，火药头朝下，摩擦磷片，没着。再取出一根，再擦，没着。

肉球七喜说："这么多年过去了，或许火柴已经被我的汗水浸湿了。如果五十年前我就试，或许会好很多。"

肉球七喜一根根试下去，几乎用光了半包，他几乎失去信心，突然，一根火柴被点亮了。

一只巨大的鹏从南边的天空飞来，大得无边无际，不知道翅膀有几千里长，"过了这么多年，谁找我？"

肉球七喜说："南天萤火虫说，你能帮助我，我们要飞越那高山，我们要去南天黄金海岸。"

大鹏说："没有问题。但是我已经老了，我不能负重了，我只能驮你和小丑了。如果是五十年前，我可以驮着大地去见老天。"

大象说："你们走好吧，我离开了马戏团，见到了大山，我已经很高兴了。肉球，如果你长出了手脚，甚者变成了作家，你要记得写到我。"

5

飞了七天七夜，遇上大海。大海大得一望无际，一海就是一个世界。

大鹏说："肉球和小丑啊，恐怕我不能带你们去南天黄金海岸了。我是一只很老很老的鹏了，我已经飞了七天七夜了，我已经没有力气了。如果是五十年前，我一定把你们送到目的地，但是现在不行了。”

肉球七喜说：“没关系，已经很感谢你了。”

大鹏飞走。肉球七喜继续划他剩下的火柴，一根，没着，再一根，没着。“我真希望我五十年前划这些火柴啊。”

突然，又有一根火柴亮了。

一只巨大的鲲从海面浮出，大得无边无际，不知道脊背有几千里高，“过了这么多年，谁找我？”

肉球七喜说：“南天萤火虫说，你能帮助我，我们要穿越这大海，我们要去南天黄金海岸。”

大鲲说：“没有问题。但是我已经老了，我不能负重了，我只能带你，但是带不动这个小丑了。我都没有弹性了，塞不下什么东西了。如果是五十年前，我可以吸干南海去灭地狱之火。”

小丑说：“你们走好吧，我离开了马戏团，见到了大山和大海，我已经很高兴了。肉球，如果你长出了手脚，甚者变成了作家，你要记得写到我。”

6

游了七天七夜，遇到海岸。海岸大得一望无际，海岸边无数的一模一样的榕树，一个海岸就是一个世界，一棵榕树就是一个世界。

大鲲说：“肉球啊，这里已经是南天黄金海岸了，恐怕我不能带你找到路医生了。我是一只很老很老的鲲了，我已经游了七天七夜了，我已经没有力气了。如果是五十年前，我侧耳倾听，一定能判定路医生的方位，但是现在不行了，我已经聋了。”

肉球七喜说：“没关系，已经很感谢你了。”

大鲲游去。肉球七喜继续划他剩下的火柴，一根，没着，再一根，没着，只剩最后一根火柴了。“我真希望我五十年前划这些火柴啊。”

突然，最后这一根火柴亮了。

一只巨大的白虎从榕树林中蹿出，比马戏团的大象还大，“过了这么多年，谁找我？”

肉球七喜说：“南天萤火虫说，你能帮助我，我们要找到能治各种怪病的路医生。”

白虎说：“路医生的榕树距离这里很远，我已经老了，我跑不动了。如果是五十年前，我可以窜进榕树林，把路医生叼来见你。但是你不要担心，我还有一口丹田气，我大吼一声，或许路医生会欢天喜地地跑到咱们面前来。”

肉球七喜说：“我已经用尽我的火柴了，你是我最后的希望了，你试试吧。”

白虎向着榕树林大吼一声 :“路医生，有北方的投资者来了!来了! 了! ”头顶上的云彩在这一瞬间被吹走，脚下的沙坑在这一瞬间下陷。

肉球七喜用舌头勾住白虎的尾巴，从沙坑中艰难地爬出来，路医生已经欢天喜地地站在坑口了。

“我是路医生的儿子，所以也是路医生，谁找路医生？”

7

肉球七喜说 :“五十年前，南天萤火虫告诉我，在它生活的南天，在榕树下面，有个能治各种怪病的路医生，能治好我的病，让我长出手脚。”

路医生说 :“如果你五十年前来，我爸爸老路医生正当壮年，一定没有问题，他一定能让你长出手脚，还能让你用新长出来的手拿起笔来写青春美文，还能让你用新长出来的脚踩油门成为赛车手。现在老路医生已经不能行医了，他的手术都要我来做了。”

肉球七喜说 :“你做也好。南天萤火虫说，路医生就好。”

路医生说 :“好，你先在这个手术同意书上签个字吧。”

手术同意书这样写的 :由于目前医学技术水平的限制，尚难杜绝手术病人在术中和术后可能发生下列意外和并发症。一、术中：1. 麻醉意外（包括麻醉时损伤）。2. 术中周围组织损伤。3. 局麻不耐受改全麻或因患者紧张虚脱停手术。4. 术中发现其他病变需改变术式，亦可能无法进行预期手术。5. 术中出血、休克、死亡。6. 诱发隐匿性疾病发作。7. 脂肪栓塞或血管不全栓塞可危及生命或肢体瘫痪、深度昏迷。8. 心律失常、心衰、休克造成呼吸循环衰竭。9. 术中因情况特殊（解剖异常、手术区域离重要组织太近）而行姑息手术。10. 术中填塞纱条脱落致气管异物、窒息、死亡。11. 目前医学不能解释和解决的以及路医生不能解释和解决的一切术中意外。二、术后：1. 术后出血不止、休克，需再次手术止血或清除血块。2. 术后感染致伤口裂开、瘘管形成、中毒性休克综合征、败血症。3. 鼻中隔血肿、鼻中隔穿孔、外鼻畸形、鼻腔粘连。4. 一过性失明、永久性失明、眼肌损伤、眶内出血、眶内感染、眶上裂综合征。5. 脑脊液漏、骨髓炎、腮腺损伤、剧烈头痛。6. 面部、上唇、齿龈麻木。7. 填塞物遗留、脱出，冲洗管移位、脱出，造口闭合，移植组织坏死。8. 术后效果不理想、术后复发，需再次手术。9. 目前医学不能解释和解决的以及路医生不能解释和解决的一切术后意外。三、一切其他意外。以上各项已告知患者和家属（或单位）代表。患者和家属单位对以上情况表示理解，愿意承担各项风险，同意手术，并在本记录单签字为证。”

肉球七喜问：“痛不？”

路医生说：“不痛。”肉球七喜的舌头抓起笔，签了字。

后记：寓意

肉球七喜再次醒来，他看到了他的手脚，那么神奇、那么普通，他见了别人的手脚见了五十年，他第一次见自己的手脚。

路医生说：“抱歉啊，手术没有成功，我还是没有赶上我父亲老路。你的手脚能用了，但是还是不能写作和开车。这一切的一切说明，一切的一切要趁早，尤其是成名要趁早。”

肉球七喜说：“我已经很高兴了。能憋住手脚不动，五十年不写，不写也就不写了。”

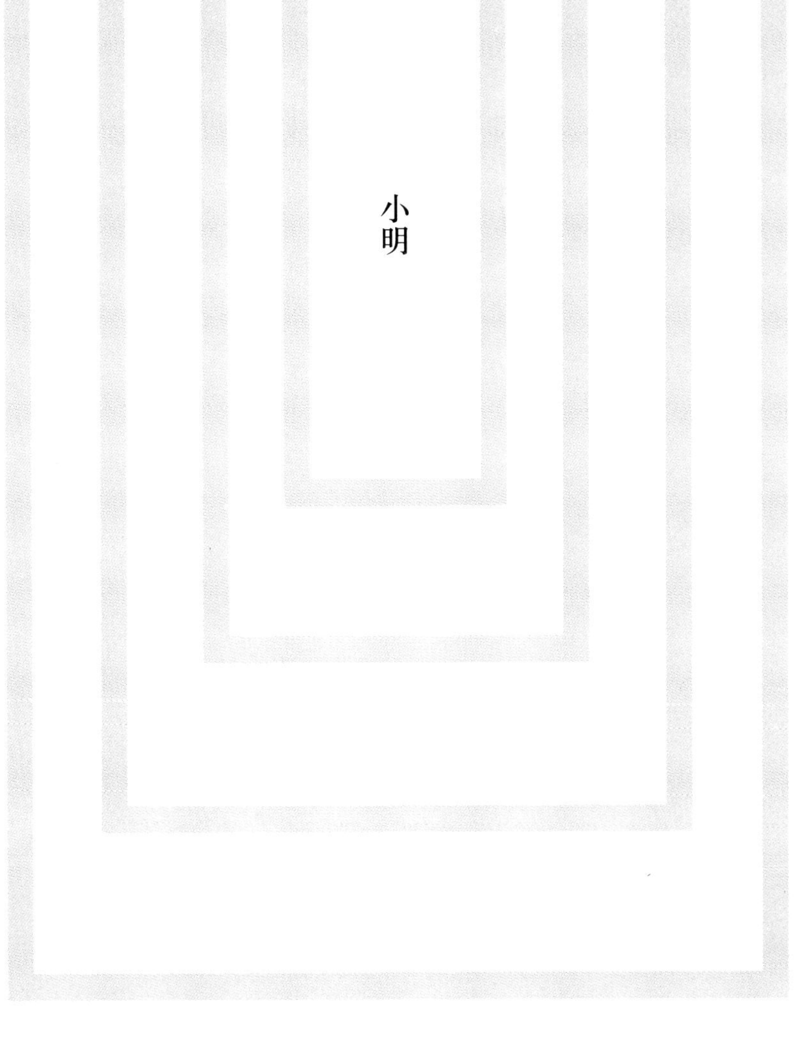

小明

一

公元3012年，在全球范围内，终于人人平等了。至少，在医疗保健这件事儿上。

二

在此之前，人类做了很多准备。

公元2500年，在全球范围内，基本消除了语言障碍。在这一年，100 亿地球人，每人都会汉语和英语，每个人都不会别的语言，至少，任何人不敢承认他们会其他语言。所有文本、音频和视频，要么是汉语的，要么是英语的，汉语发音是标准的普通话，英语发音是标准的纽约美式英语。每个信息设备上都有一个国际统一的按钮，按下去，瞬间中英文互换，给每个人充分的自由。

为了人类文明不被忘记，公元 2500 年之前的所有其他语种的文本、音频和视频也都被翻译成了汉语版和英语版。在翻译定稿之后，所有原始资料都被全部秘密封存，七重机器人把门，全球图书馆和互联网上，只有汉语和英语的信息资料供公众翻阅。在翻译史料的过程中，地球翻译局的领导层没有轻信超级计算机给出的翻译（到了 2400 年，超级计算机已经有了模式识别、记忆、学习等人脑的能力。可以下国际象棋、中国象棋、五子棋，写电视剧、电影、话剧、专栏，预测下一次海啸和地震、设计宪法、调情等更不在话下。到了 2400 年，超级计算机似乎只有两件事明显不如人脑：下围棋和写情诗），而是充分借鉴了中国魏晋初唐鸠摩罗什、僧肇和玄奘翻译天竺佛经、民国时期翻译日文、日本明治维新翻译西语历史上三次最艰难的翻译经验。全球三千个志愿者走进翻译局的大楼，献了青春献终身，多数终生没有离开，充满使命感地把全部智慧都奉献给了这一历史壮举。

韩语、德语、俄语、西班牙语、葡萄牙语、意大利语、阿拉伯语等小语种，就像梵语、巴利语、闪米特语、拉丁语、埃及语、立陶宛语、希伯来语、西夏语等很久以前就消失了的小语种一样，挣扎了一阵，就很快消失了。

到了公元2500年，除了汉语和英语，在一定比例的人口中唯一残存的语言是法语。残存的这些还会法语的地球人有两个共同的特点。一个共同特点是，他们说英语的时候，极其偶尔，脸上会露出心底掩藏不住的恶心；另一个共同特点是，他们彼此说法语的时候，特别是在法国菜馆一起吃法国菜说法语的时候，脸上会露出心底喷发的喜悦。覆盖全球的高清卫星探头可以在瞬间捕捉到这种恶心和喜悦的表情，调动城管把他们送进语言学校，接受清洗法语的教程。

公元2550年夏至的那天，在澳大利亚的巴比伦广场，残存的会说法语的地球人举行了他们最后一次悲壮的聚会，他们用法语齐声高声漫无对象地谩骂：你妈屄，打你小丫的，和你丫死磕。澳大利亚巴比伦广场的城管用英语齐声高声地教育他们：你妈屄！打你小丫的！和你丫死磕！然后把顽固法语分子都带到语言学校，接受清洗法语的教程。2550年那个夏天之后，在全球范围内，全部消除了语言障碍。

公元2600年，在全球范围内，消除了国家。在超级计算机和人类基因组计划XIII期成果的帮助下，各国的政治制度越来越趋同。刚刚趋同的时候，各国政府还没学会面对这一既成事实，颁布新政策之前，习惯性地互相谩骂彼此的愚蠢，白国的报纸基本论调是："白国就是好，啥都好，这些政策是唯一的选择。黑国就是糟，啥都糟，那些政策是猪一样的政策。"黑国的报纸基本论调是："黑国就是好，啥都好，这些政策是唯一的选择。白国就是糟，啥都糟，那些政策是猪一样的政策。"等政策公布出来，各国人民一对比，一模一样，中文版一样，英文版也一样，各国政府和媒体都很没面子。各国政府接受这一事实之后，在颁布新政策之前，彼此互相协调颁布时间，绝不相差一分钟。其实，任何地球人都能使用超级计算机和人类基因组计划 XIII 期成果，在各国政府发布政策之前，如果感兴趣，任何地球人在超级计算机上输入几个限定值，什么 GDP 增速啊，CPI 增速啊，M2 供应量啊，互联网上骂街指数啊，区域人口心理平均离佛距离啊，区域妇女绝经指数啊，区域人口拧巴指数啊，超级计算机输出的政策变化和各国政府的没有两样。在那之后，无论白国还是黑国，各国人民最常用的迎接新政策的语言是：你一撅屁股，我就知道你拉什么屎。

军队也渐渐失去了实际意义。核武器的制造方法曾经在互联网上到处都是，输入方式也从鼠标过渡到自动读取人脑信息。你对着电脑屏幕简单一想，不用说出口："一个傻瓜如何制造核武器？"电脑屏幕上就会显示选项——你想把地球：1. 毁灭一次？2. 毁灭十次？ 3. 毁灭一百次？ 4. 毁灭一千次？你脑子一旦作出决定，过三个工作日，符合你需要的核武器零件就送上门了，你用一把改锥和榔头就能装好。最开始，民用级核武器和军用级核武器的打击精度不同，民用级精度是九公里，军用级精度是九厘米。后来，这条也放开了，怕民用的打偏了，误伤无辜。各国政府很快意识到,死一次和死一千次是一样了。在公元2650年冬至，各国政府在同一时间统一销毁了所有核武器。省下的核燃料，够地球人用到公元5012年。第二天，各国政府意识到没有再独立存在下去的理由了，迅速合并。合并前，地球上一百个国家，平均每个国家都有一万个左右部级以上的官员，合并后，全地球只需要一万个部级以上的官员，富余的九十九万很快通过自愿退出的方式消化掉了，自愿退出的多数当了电视剧演员，少数当了星座专家、古董鉴定师、品酒师、米其林餐厅评分员。

公元2700年，在全球范围内，消除了货币差异。全地球只剩一种货币——球币。球币没有任何一张实体钱，全是虚拟的。到了公元2700年,每个人都有一个全球唯一号码,每个人的头发、瞳孔、指纹、面容、味道以及所有个人信息终端都和这个号码相连，吹口气、拔根毛，都可以作为支付球币的认定方式。

在公元2800年，在全球范围内，消除了工资差异。每个人出生之前，超级计算机根据此人的基因计算出此人的智商和情商，将结果同全球未来工作岗位的供求关系相匹配，定出此人将来应该接受的教育、破掉处女或是处男身的方式以及毕业后的工作。因为每个人都是无辜的，工作成为一种服从，所以每个人的工资都是一样的。因为收入相同，公元2800年前，如果你是富人，你又不额外花费，你就一直是富人，你以前的财富全部在超级计算机的计算指导下换成球币。如果你是穷人，你又没能说服别人给你钱，你就一直是穷人。在公元 2800 年，抢劫等暴力活动是不可能存在的，你一动抢劫的心思，城管就会在三分钟内来到你的身边。公元 2800 年之后，尽管依然存在贫富差距，但是大家失去了消除贫富差异的希望，过了一段时间，也心平气和了。因为吹口气、拔根毛，都可以作为支付球币的认定方式，公元 2800 年之后，富人非常好辨认。那些大气不敢出的人，时常留意自己是否掉毛的人，和任何人说话都时刻保持高度警惕的人，一定是富人。

在公元 2900 年，在全球范围内，消除了口味差异。不出意外，剩下的唯一的口味就是中餐，左将军鸡和北京烤鸭是全世界最知名的菜。英国菜没被选上，是因为英国早在 1912 年就已经没什么好菜可吃。法国菜没被选上，是因为怕激发极个别人没被清洗掉的法语知识。

三

其实，到了公元 3012 年，已经完成了所有主要准备工作，在全球范围内实现人人平等，没有了任何实质性障碍。但是，人人平等毕竟是件天大的事儿，人类变成人类之后就一直没有停止过对这种理想的憧憬，如果不通过试点，一天之内宣布全面推行，即使有再多的准备和论证，地球政府也下不了这个决心。经过三周的反复讨论之后，地球政府决定从医疗开始试点：公元3012年1月1日起，人人享有完全平等的医疗保健。

选择医疗作为试点的道理很简单：从伦理上看，每个人都以出生为起点，以死亡为终点，起点和终点没有任何不同，每个人的中间过程可以不同，但是对于过程中肉体的照顾，在社会生产力极大丰富之后，应该没有任何区别。你的一条腿和我的一条腿和他的一条腿和地球总统的一条腿和基督耶稣的一条腿，本一，不二。从实践上看，这么多年来，很多地方的医院都是公立非营利性的，现在需要做的就是把占总体不到百分之十的私立营利性医院全部改为公立营利性的，难度不大。

四

下班之后，去食堂吃饭之前，小明畅饮了半杯啤酒，在他办公室的电脑上发了一条微博：“医疗人人平等的第十一个月十一天，依旧成功，一切都好，没有瑕疵。”

自从公元3012年1月1日起，小明每天都发一条关于医疗人人平等试点的微博，到今天为止，在小明的心里，试点每天都是成功的，一切都很好，没有瑕疵。

在全球范围内早就实现了云计算，在任何一个终端设备输入指纹或者吹一口气，你就会进入自己常用的信息服务，你伪装不了别人，别人也伪装不了你，你创造的任何内容，甚至创造的所有过程（时间、地点、情绪、修改的节奏、使用的机器等）都事无巨细地被记录在云端数据中心，被实时复制到另外相隔五百公里以上的两个备份中心，保证信息绝不会丢失。这些信息高度保密，没任何人知道，除了超级计算机系统。超级计算机系统定期分析你所有的这些信息，分析结果用来调整你之后的教育培训、工作岗位、婚姻生活。超级计算机知道而小明不知道的是，每条回复小明微博的言论都由一个特别小组实时审查，任何对于试点的负面言论都不会显示。

小明是地球首席医疗总监。

小明的个体存在是个绝对的偶然，但是小明从地球政府获得这个职位绝不是偶然。基于超级计算机系统对于系统中积累的海量数据分析，在所有去世和健在的医生中间，在医生所有的生理（体重、身高、血压、血糖、体温、体毛、胸围、腰围、脑容积、肺活量、阴茎长短粗细等）、心理（恐惧、乐观、欲望、淡定、仁义、强蛮等）、智力（计算、规律识别、差异辨认、逻辑推理、创造、记忆、学习等）、体力（跑、跳、投、吃、喝、嫖、赌等）等一万五千项指标中，按照系统优选出的权重反复计算，小明的得分是最正常的，不差一丝一毫，在正态分布的最中庸的最中间。选小明当地球首席医疗总监的指导思想非常明确：只有最正常的人，才最有可能管理整个医疗系统，为每个人提供最平均的医疗服务。

五

小明及其团队在超级计算机系统和城管系统的全力支持下，很快作出决策，在试点的第一个阶段，把实现医疗人人平等的重点放在服务供给方，而不是服务需求方。

其实，从技术手段上来看，基因工程的进步已经能够把所有人的医疗需求在生理层面统一。蛮荒时代的欧美哲学家和政客说人人生来平等，其实远远不是真正的平等，只是说，每个人在被生出来这一动作上，是平等的，谁都是被人肏出来的、谁都是妈生的。现代的基因工程能做到真正的人人生来平等，通过人工方式，让所有出生的小孩都有完全一样的基因组。有了这个基础，再通过超级计算机系统的计算和分配，保证后天的营养和生存环境类似，每个人产生的医疗服务需求才能真正一致。有了这种一致，医疗平等轻而易举，几岁打什么疫苗、几岁割包皮、几岁切阑尾、几岁补充激素等可以在全球范围有条不紊地进行。但是，现在的人口还没实施基因组统一的生育政策，生理上、心理上、智力上、体力上还远远没做到人人平等。如果现在开始实施基因组统一的生育政策，也要等到此政策没实施前的人类全部死去，才能达到全人类生来平等的状态。另外，小明非常担心，全体医生已经是一个相当大量的样本，他自己被测算为最正常的个体，如果在全人类范围实施基因组统一的生育政策，拿全人类范围内最正常的个体基因组作为全人类每个个体的基因组，生下来的小孩很可能全部完全像小明，男孩儿个个都像小明，一丝不差，女孩儿也个个都像小明，一丝不差。长大了，无论异性恋还是同性恋，抱在一起，睡在一起，肏别人就像肏自己，一丝不差。至于全地球的全人类长得一样有什么不妥，小明的智力水平不能完全分析清楚，但是总是内心焦虑。小明向超级计算机系统请教这种焦虑的深层原因，“为什么地球人不能在生理上和心理上全部一样？”超级计算机系统连续运转了三天，巨大的能耗造成全球多处工业园限电和停电，最后的结论是：“不知道。”这在近百年的历史上，还是第一次。

在生理不平等的现实条件下，另一个试点方案是改造人类的心理认知，统一人类的世界观、人生观和审美观，坦然接受分配给他们的任何服务。这个方案的小范围试点以惨败告终。基于对于历史上所有宗教（特别是推崇对外界万物坦然接受的佛教）的充分分析，项目组很快制定并通过了人类应该具有的统一的世界观和人生观。但是，尽管集中了人类百分之九十的计算资源和最好的生物物理学家与神经生物学家，还是没能解决如何将这一套统一的世界观、人生观和审美观完美地注入人类脑海，成为人类唯一的信仰。

其中一个探索性试验是人工辅助生育。在长达一年的时间里，参加试验的一千个三十五岁左右有阴茎勃起障碍的小伙子，在最好的神经生物干涉系统和传统政治思想教育系统的双重影响下，被灌输这套统一的世界观、人生观和审美观。一年之后，在自由挑选毛片并尝试自摸的试验中，如果仔细分析挑选毛片的种类、观看的规律、自摸的动作、高潮来临的方式，一千个人竟然有一千种不同。试验重复了三次，一千人竟然有三千种不同，每个人、每次都不同。

六

两百个地球科学院院士提出了另一个在需求不一致的条件下平均分配的方案：抓阄。这个方案在没有实施之前就被超级计算机系统否掉，对于设计这个方案的两百个地球科学院院士，超级计算机系统在全球所有计算机屏幕上用中英文显示了一行简单明了的话："肏你妈，你们侮辱了我的智商。"

七

小明领导项目组在神经科学家、内分泌学家、超级计算机系统和保险公司联盟的帮助下，很快全球范围内消除了医疗供给的差异。

项目组制定了所有疾病的代码，规定了所有代码的治疗方式、服务水平和收费水平。

全球的医生都做了非常详细的体检。超级计算机根据体检的结果给每个医生都安装了人脑干涉仪。第一版人脑干涉仪的功能只有管理治疗方式的功能。任何不按规定的治疗方式治疗的医生，在刚刚动心思但是治疗还没开始的时候，人脑干涉仪就会发出信号，城管就会出现在他面前。第二版人脑干涉仪借鉴了治疗精神病的最新成果，功能更加强大，任何不按规定的治疗方式治疗的医生，在刚刚动心思但是治疗还没开始的时候，人脑干涉仪就会自动对此医生电击，电击的强度能让多数的医生倒地，口吐白沫。第三版人脑干涉仪添加了管理服务水平的功能。任何脑子过于聪明、手脚过于麻利的医生都会在炫技的时候被电击，脑子越聪明、手脚越麻利的，电击的强度越大，白沫吐一地板。任何脑子过于二屄、手脚过于蠢笨的医生都会在现眼的时候被电击，脑子越二屄、手脚越蠢笨的，电击的强度越大，白沫吐一地板。小明尝试带过第三版人脑干涉仪很久，没有一次被电击，说明他的确是最正常的医生，也说明第三版人脑干涉仪质量过关，值得推广。

很快，一个地球人，在任何一个地方，在任何时间，找任何一个医生看病，只要看的病是一种病，他得到的医疗服务完全一样。在全球范围内，终于人人平等了。至少，在医疗保健这件事儿上。

八

问题在试点一年以后出现。

人脑干涉仪对于惩治脑子聪明的、手脚麻利的非常有效，尽管这些医生眼睛里常常饱含泪水，但他们的服务水平越来越趋近标准。但是，对于脑子二屄的、手脚蠢笨的，人脑干涉仪的效果一直不好，越电击、越刺激，有些医生的脑子变得更二屄，手脚变得更蠢笨。

超级计算机系统全面摸查了情况，指导项目组重新规定了所有疾病代码的服务水平，用全球新的服务标准代替旧的全球服务标准。因为上述原因，新的全球服务标准比旧的全球服务标准低了一块。但是，这并不影响在全球范围内，依旧给所有人提供一样的医疗服务。

公元3012年冬至的那一天，小明被免去了全球首席医疗总监的职位，超级计算机系统最新统计显示，小明已经不是最正常的医生了。被免职的同时,小明戴上了人脑干涉仪。当天下午,小明做卵巢切除手术的时候,被电击三次,倒在地上,口吐白沫。

但是,一个地球人,在任何一个地方,在任何时间,找任何一个医生看病,只要看的病是一种病,他得到的医疗服务还是完全一样,试点依旧成功。

九

在医疗质量标准降低到一定水平之后,所有大制药公司和医疗仪器公司也先后解散了所有研发部门,严格按照越来越低的全球标准生产药品和医疗仪器。

在医疗质量标准降低到一定水平之后,全球范围内出现了多起病人暴打医生的事件。

超级计算机系统和项目组商量之后,强制全体医生参加在职培训,培训的内容是五十米折返跑和医生防身术。医生防身术由全球顶级的武术大师集体制定,结合了咏春拳、跆拳道、搏击和散打的精华。

图书在版编目（CIP）数据

天下卵 / 冯唐著．— 广州：花城出版社，2012.12
ISBN 978-7-5360-6632-8

Ⅰ．①天… Ⅱ．①冯… Ⅲ．①中篇小说－小说集－中国－当代②短篇小说－小说集－中国－当代 Ⅳ．①I247.7

中国版本图书馆 CIP 数据核字（2012）第 252126 号

出 版 人：詹秀敏
特约监制：王二若雅
责任编辑：文　珍
特约编辑：仲　瑶　石延平
装帧设计：棱角视觉
版式设计：李春永

出版发行　花城出版社
（广州市环市东路水荫路 11 号）
经　　销　全国新华书店
印　　刷　北京慧美印刷有限公司
（昌平区沙河镇七里渠南村 530 号）
开　　本　880 毫米 ×1230 毫米　32 开
印　　张　6.25
字　　数　100，000 字
版　　次　2012 年 12 月第 1 版　2012 年 12 月第 1 次印刷
定　　价　32.80 元

如发现印装质量问题，可联系调换。电话：010-82069037
购书热线：020-37604658　37602954
花城出版社网站：http://www.fcph.com.cn

阅读开始了

盛可以

《留一个房间给你用》 她笔下的女人是危险的，即便是柔弱的，也是具有攻占性的，她对于女性的雌性荷尔蒙与雄性荷尔蒙在身体内部的矛盾、女性情欲的成长与独立推到极致。

走走

《我快要碎掉了》 一个男人的寻找与一个女人的等待，构成寻与不寻的相遇，通过他们的对话与相遇，我们看到尖锐与平庸两种生活态度。它们能否带我们渡到彼岸？也许最终只是——碎掉了。

鲁敏

《九种忧伤》 作者通过不同职业的人与生活面，以故事的形式，细节性深入人的各种几乎与生俱来的忧伤，交流的忧伤、死亡的忧伤、知识的忧伤、身份的忧伤、出生的忧伤……

阿丁

《无尾狗》 野夫看完稿说："本书是对吾族阴暗历史和心性的一个诅咒。"阿丁是"中间代"最叛逆的作家，《无尾狗》成书五年，出版过程中多次被毙稿，六易书稿。二十多万字的解剖刀，剥离与呈现一个你一直想回避的现实与人生。

陶杰

《洗手间里的主权》 内地首次引入香港第一才子陶杰的作品。所述内容涵盖东西方文化、艺术、欧美政坛、英国历史、旅游，作者见识赅博、文笔轻灵、纵意而谈，智性中透出犀利。

《杀鹌鹑的少女》 内地首次引入香港第一才子陶杰的作品。所述内容涉及文学、电影、欧洲风情的评述，借由文化事件点评人生百态、民族性格、政治文化生态，对东西方文化有诸多妙批。

盛可以、张惠雯、任晓雯、颜歌、叶三等

《代表作·新女性》"中间代"十位专注文学创作的青年女作家自选最满意短篇小说。她们的作品风格多样，题材较广，展示了这批青年女性作家不俗的创作力。她们的写作应该获得更多的关注。

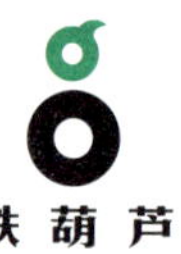

铁肩担道义　葫芦藏好书